U0025877

七菜なな
插畫／Parum

# 男女之間存在純友情嗎？〈不，不存在！〉

Flag 3.
不然你就一直看著我好了？

Kadokawa
Fantastic Novels

——我不准妳碰悠宇一根寒毛！——
「雲雀哥，你不用工作嗎？」
犬塚雲雀
Hibari Inuzuka
自稱「哥哥」並溺愛著悠宇，是日葵的「親哥哥」。
夏目悠宇
Yu Natsume
高二學生，今天也生活在身邊怪人們所帶來的磨練之中。目標是成為花卉飾品的創作者。

「你們不要把我捲進去。」
夏目咲良
Sakura Natsume
跟雲雀還有紅葉是高中同學，也是悠宇的「咲姊」。
「『永不分離』什麼的，太自我中心了啦～」
榎本紅葉
Kureha Enomoto
活躍於東京的人氣模特兒，是凜音的「親姊姊」。

榎本凜音
Rion Enomoto
跟悠宇是彼此的初戀對象，自小學後至今才重逢。和以前熟識的日葵成為情敵，圍繞在悠宇身邊。
「小葵，水很冰耶！」

「啊哈哈！看招吧，榎榎！」
犬塚日葵
Himari Inuzuka
悠宇從國中時代到現在的摯友。最近因為悠宇都只關心凛音而對自己表現冷漠，所以內心不太平靜的樣子。

在整片向日葵的
遮蔽下，

我跟悠宇
從這個世界上
消失了。

contents

七菜なな
插畫／Parum
男女之間存在純友情嗎？
不，不存在！
Flag 3.
不然你就一直看著我好了？
Kadokawa Fantastic Novels

# Prologue 終・兩朵花

既然友情是在轉瞬間萌芽，應該也會在轉瞬間失去吧。

如果我的人生是一部小說，或是一部電影——

那麼漸漸減少的頁數、剩下的放映時間，都會讓我明白正接近這段友情的終點。在迎來高潮之前會有一段顯而易見的精彩劇情，也會事先埋下伏筆，暗示將面臨重大危機才是。

然而，這是現實。

人無法避免在毫無前兆的狀況下，迎來終結的命運。

花總有一天會枯萎。

就算加工成永生花，隨著時間的流逝也會褪色，最後腐朽。我在做的那些事情，終究只是在「延遲這段過程」而已。

沒有任何東西能夠永遠持續下去。

……我產生這樣的想法，是在國二那年冬季的某一天。

認識日葵之後，過了兩個月。

時節來到一個月後就是聖誕節的某一天。

天氣開始吹起冷風，在我出門上學前，咲姊說著：「你穿這樣會感冒，這件拿去披著。」就將她的大衣借給我。

才正想著怎麼難得對我說這種體貼的話，她後來就補上一句：「到時候還不是我要照顧你，別給我添麻煩喔。」咲姊要是真的那麼溫柔，天都要降下紅雨了。所以聽她這麼說，我反而覺得有點安心。

就算是鄉下地方，聖誕節還是特別的日子。商店街高喊著要打倒AEON，因年末商戰的到來而焦躁不已。從事建築業的那戶人家，甚至已經心急地替自家裝飾上繽紛炫目的燈飾了。

而我也是。

這是我第一次跟日葵這個摯友一起度過特別有過節氛圍的節日。

聖誕節當天，插花教室會舉辦一場展覽。我最近為了參展在著手製作花卉作品，屆時日葵也會來參觀。

這讓我做得相當起勁。至今都是為了自己……或者說為了那個就連容貌都不太記得的「女生」而製作作品。這是我第一次為了給別人欣賞而製作飾品。

就在這時期，我的生活起了一點小小的變化。

到校之後，有個男生在換鞋子的地方跟我打招呼。

「嗨，夏目。早安！」

「啊，早安……」

對方是同為二年級、一個給人爽朗印象的男生。他的一頭短髮剃得高高的，身材很結實，好像是籃球社的正選球員。他給人感覺很沉穩，難以想像跟我一樣是個國二學生。

他摸著大衣的毛皮，感覺很親切地笑了。

「哦。你這件大衣還真可愛啊。」

「啊，這是姊姊借我的……」

「啊哈哈！難怪，我才想說很像是女裝。」

「會、會很怪嗎……？」

「反正你也滿小隻的，沒差吧？」

他這麼說著，很自然地就搭上了我的肩膀。這樣的舉動很有「男性朋友」的感覺，讓我不禁有些雀躍，也很開心。

所謂小小的變化，就是我交到了除了日葵以外的朋友。

雖然不同班，但他某天在體育課時找我搭話，便成了認識的契機。在那之後我們也常一起聊天，偶爾還會一起回家。他平常給人相當沉穩的感覺，不過一笑起來就會露出很親切的酒窩，讓人印象深刻。

「這麼說來，日葵呢？」

「今天還沒看到她。但差不多要出現了……」

就像鎖定了這個時機一般，有人從背後朝我拍了一下。

一回過頭，就有隻食指陷進柔軟的臉頰中。身為我第一個摯友的那位女學生就站在眼前。

「嘿嘿～悠宇，上當了吧～」

「日、日葵。拜託妳不要做這種事……」

一身白皙的肌膚，以及纖瘦的身體。

那雙杏桃般的大眼，是透徹得可以看見瞳孔的藏青色。

流洩而下的一頭美麗長髮，髮色有點淡並燙著微微的大捲。

帶有空靈氣質，妖精般的美少女。

犬塚日葵。

以九月那場校慶為契機，不知為何成為我摯友的女同學。

堪稱我們學校的第一美少女，許多男生為她神魂顛倒的傳聞，甚至使她被人稱為「魔性」的存在。

日葵吸著紙盒裝的Yoghurppe（註：一款南日本酪農乳酸飲料），同時淺淺地微笑著。身旁的男

生也笑著對她打招呼。

「日葵，早啊。」

「早啊～你們今天也很要好嘛～」

後面那句話是她堆起滿臉笑容對著我說的。

總覺得有股這樣的莫名壓力：「比起第一摯友的我，竟然膽敢先去討第二順位的歡心，看來是調教不夠呢？」不不不，本來就是對方先跑來找我的，這也是理所當然的吧。難道要我在日葵來打招呼之前，都無視其他人嗎？那也太不可能了吧？

接著，日葵果真也摸起我大衣的毛皮說：

「哇啊，悠宇。你這件大衣還真時髦耶。是怎麼了？」

站在我另一側的男生，笑著比我先說：

「他說是姊姊借他的。」

「哦～難怪～我才想說怎麼這麼可愛。」

「但夏目也滿小一隻的，不覺得很適合他嗎？」

「我懂～悠宇的臉比較偏向可愛型，這樣中性的感覺也滿不錯的呢～」

面對這番現充品評大會，讓我覺得非常尷尬。

而且周遭投來的視線更是不得了。至今大家都覺得我們像是「日葵與她的寵物」，在增加了一個人之後，突然就散發出「現充小團體」的氛圍了。我就像是誤闖其中的異端分子似的，感覺有夠不自在。

應該說，我甚至覺得如果沒有我，兩人看起來就美得像畫一般。身為運動員的他，跟好相處的女性朋友類型的日葵。無論怎麼看，我顯然都是礙眼的那個人。

即使如此，他們還是毫不介意這種事。宛如自從開學時我們就在一起行動似的，毫無隔閡地拿我開玩笑。

「欸，悠宇？下次乾脆挑戰看看女裝打扮好了？」

「我才不要！」

「我自己都覺得這個點子很不錯耶。我會幫你上個完美妝容啦～就當作是一輩子的回憶，來變可愛一下吧～？」

「應該只有日葵想看吧……」

結果他也放聲大笑。

「很好啊。你乾脆跟日葵一起去AEON等人搭訕如何？」

「那是什麼懲罰遊戲啊？我絕對不要！」

「別擔心啦。要是你感覺快要被人家帶走了，我就會出面說是你的男朋友，阻止對方。」

「重點不在這裡好嗎！」

聽我們這麼說，日葵也大笑起來。
從那陣子開始，我們都是三個人一起行動。多虧有日葵的訓練，讓我也進步到可以跟其他男生正常對話了。
然而這段關係，就在那兩星期後崩壞了。

♣ ♣ ♣

到了十二月，寒流也越來越強。
咲姊之前借我的那件大衣，不知不覺間變得像是我的一樣，每天都會穿去學校。並不是因為被日葵他們稱讚我穿起來很適合而開心，只是我也沒有其他想要的大衣而已──我不知道在心裡想過幾次這種傲嬌的藉口。
午休時，那個男生來到班上。
「嗨，夏目！我們一起去吃飯吧！」
「嗯，好啊。」
那個時候，我們都會三個人一起在科學教室吃午餐。我跟他說了自己的興趣，他也說著：
「這是校慶時很多女生都有戴的那個嘛。你真的好厲害啊！」並表示認同。

那個「迎接陰沉同學悠宇事件」，也變成有時是日葵、有時是他來做，每天都不太一樣。班上同學之間甚至流行起「今天會是誰？」的莫名賭局遊戲。

我跟平常一樣拿著便利商店的麵包，跟他一起走向科學教室。

「日葵說她今天要去參加班長集會。」

「啊，是喔。」

「反正也沒有女生在，我們偶爾也來聊些猥褻話題吧！」

「一邊吃飯一邊聊下流話題不是很奇怪嗎……？」

進到科學教室之後，我們就開始吃起午餐。

我從自己帶來的麵包當中，將他喜歡的咖哩麵包交給他。一開始他看到我拿咖哩麵包給日葵，就說自己也喜歡吃這個。之後只要有剩下的，我就會一起拿過來。

我們跟平常一樣閒聊起來。我記得那時應該是聊了前一天的電視節目。受到日葵的影響，從那時候開始我也經常看電視。日葵喜歡看松子・Deluxe或有吉那樣毒舌類型的藝人所主持的談話綜藝節目，他則是喜歡搞笑電視劇或音樂節目。

這時，他感覺有些緊張地開啟了話題。

「欸，今年的聖誕節啊……」

「怎麼了嗎？」

「沒有啦，不過你跟日葵不是說好像有什麼事嗎？」

「嗯。她是說要來看我插花教室舉辦的展覽……」

他該不會……是想跟我們一起去玩吧？從來沒有男性朋友約我出去玩過，這讓我不禁開心了起來。

「那不然！你有空的話，展覽結束後我們三個人一起……」

「不，我不是這個意思啦！」

我不禁說得比較大聲，然而他用更大的音量打斷了我的話。

什麼意思？我說錯了什麼嗎？還是說，只有我認為我們是朋友，他其實並不是這樣想……這方面的念頭開始在我的腦中打轉。

但他接著開口說出的話，是我壓根沒有想過的事。

「聖誕節那天……能不能讓我跟日葵獨處一下？」

「咦……」

我愣了一下，他隨即稍微撇開了視線。

我總算明白他的意思了。總不可能這樣還聽不出來。他恐怕誤以為我對日葵抱持著異性之間那種喜歡的情感。

（跟我一起去看展覽的約定，重要性也沒有那麼高……）

無意間，我的腦海中浮現日葵的笑容。

那並不是實際上看過的記憶。而是在我妄想之中，來看展覽的日葵。她一身便服，把UNIQLO的輕羽絨外套穿得像是高級品牌的服飾一般……然後站在我的作品前方，用至今從未見過的最耀眼笑容對我說著「不錯嘛」。

那個畫面在我腦海中一閃而逝。

我揚起傻笑地說：

「……我、我知道了。好啊。」

我覺得自己好像還講了「這也不用經過我的許可吧」之類，還有「祝你順利喔」這樣的話。

但我不是記得很清楚。

這件事讓我覺得很開心。

我也不樂見日葵一直將戀愛視為一種不好的東西。

我希望摯友能度過一段快樂的時光。會這樣想也是理所當然的。對當事人來說這樣可能太雞婆了，但我也是有在替日葵著想。他應該不會做出那個讓日葵討厭戀愛的前男友一樣的蠢事，所以沒問題的。他們很相襯啊。

這確實讓我覺得很開心，但與此同時……我的內心卻也感受到一股異樣的痛楚。

「那場展覽停辦了。

原因是……那個……啊，插花教室的老師不小心絆到花盆跌倒，結果腳骨折……不不不！也不是不用去探病啦，好像不是骨折，只是扭傷吧？

總之展覽停辦就是了。咦？妳說看電影……啊～那個，其實因為展覽停辦的關係，咲姊就要我去幫她代班顧店……對對對，三姊。她說要去約會。

所以那天我不能跟妳出去玩了……抱歉。」

♣

♣

♣

……聖誕節前三天的結業式當天，我對日葵這麼說。

到了聖誕節當天。插花教室借用市立圖書館附設的市民會館一隅，舉辦了展覽。

我坐在長桌前，負責接待來賓。

那天非常寒冷。人明明待在會館裡，卻還會呼出白氣。我在心裡默默抱怨著，暖氣如果可以開強一點就好了。

展覽停辦當然是騙人的。那是為了讓日葵放棄跟我的約定，讓他可以更好約她而撒的謊。

而且咲姊要去約會也是騙人的……要是有哪個男人會跟那個目中無人的咲姊交往，我反倒想看看。

何況就算跟日葵的約取消了，照我的個性也不是隨便就有其他行程可以安排。一想到日葵要跟他一起出去玩，自己卻沒什麼行程總覺得有點討厭，才會像現在這樣來幫忙展覽的雜事。

話雖如此，會來看展覽的也都是老師跟其他學生的親朋好友。一小時當中如果來兩三個人就很不錯了。這段時間都要一直坐著，感覺也是相當無聊。

過了正午不久，插花教室的老師從展覽區走了過來。

她是一位年紀不到三十五歲的黑髮美女。她的一舉一動都很有氣質，是個沉穩的人。我跟媽媽的個性滿合不來的，因此某方面來說，她就像是我的母親一樣。

她在插花教室上課時都穿和服，今天則是一身西裝的麗人裝扮。無論是哪一種打扮都非常適合她。

那位老師對我說：

「夏目同學。我們去吃午餐吧。」

「那接待工作怎麼辦？」

「我有請這裡的職員來幫忙了，別擔心。而且在來賓面前肚子餓到咕嚕叫才更是失禮呢。」

「啊，原來如此……」

老師說得沒錯。

走出市民會館之後，我們踏入附近一間豚骨拉麵店。店內有著復古的氛圍，從吃飯的地方可以清楚看到廚房的狀況。

老師在吧檯席坐了下來，沒看菜單就說：

「我要一碗豚骨拉麵。給這孩子一碗大的叉燒拉麵。」

「呃，我吃普通份量的就好了……」

「別客氣。你就把這當作今天來幫忙的回禮吧。」

重點並不在於價錢啊……

她是個舉止端莊，但內在豪爽的一個人。

拉麵端上桌之後，我們一起合掌開動。看著眼前疊得像座小山一般的薄片叉燒肉，我的肚子總算咕嚕地叫出聲。老師輕聲笑了笑，這害我難為情地撇過頭去。

我用湯匙舀了一口湯喝下。口味較為清爽的豚骨高湯，沁入直到方才都不斷吹著冷風因而涼透的身體裡……

設置在牆上的電視正播放著縣內新聞。老師一邊看著，一邊用相當優雅的動作吃起拉麵。

「但話說回來，夏目同學。你聖誕節來展覽幫忙真的好嗎？」

「咦？怎麼這麼問……？」

「你還是國中生，應該有跟朋友出去玩的計畫吧？」

「喔，是這個意思啊……」

我有點遲疑之後，還是直率地坦言：

「……其實我朋友，今天本來說要來看展覽的。」

「你說『本來』就代表……？」

「對方剛好有點事。跟其他朋友一起去玩了。」

「哦。那還真是可惜呢。」

明明是老師自己問的，回應卻有些冷淡。

她平常就是這種感覺。但這樣反而才好。與其硬要產生共鳴，或是表達同情等等，對我來說感受不到這種顧慮才更覺得容易親近。正因為如此，她經營的插花教室待起來才會這麼自在。

「假設自己的朋友有個在相處時，比起自己更能帶來『好處』的對象，我覺得這種時候朋友與其跟自己玩，不如跟那個人維持良好關係，才是真正的友情。換作老師會怎麼想呢？」

「嗯～你真是問了個困難的問題呢。」

老師在拉麵裡撒了椒鹽換換口味，隨後便露出溫柔的微笑。

「就跟花一樣啊。與其一顆顆種下種子，有時兩三個一起種反而會生長得更好。總有一天，等你長大成人應該也會明白這個道理吧。」

「老師……」

啊，這是她真的不感興趣，並想隨便帶過去時會有的反應。

而且我也聽不懂她到底是想說什麼。無論好壞，她的個性都是這樣非常坦率。

吃完拉麵，我們一起回到市民會館。

過了下午三點，吃飽喝足的肚子讓我想睡得不得了……正當我坐在接待的座位上打盹的時候，有一位來賓蒞臨了。

「只要在這裡簽名就可以了嗎？」

「……！啊，是、是的！請在這裡寫下您滴名字跟電話……」

在我慌慌張張地醒過來的瞬間——響起一道智慧型手機發出「叮咚」的機械聲。

我也因為這樣，一口氣轉醒過來……不，雖然醒著，感覺卻像還在作夢一般。

眼前的人是日葵。由於現在是放假期間，她當然穿著便服。一身UNIQLO的輕羽絨外套配上條紋襯衫。就跟我之前想像過的打扮一樣。

日葵「噗噗噗」地忍著不噴笑出聲，滿臉笑容地俯視著我。她的手機鏡頭也正面對著我。

「……啊？」

「怎麼啦～？接待可是展覽的門面喔～不可以睡著吧～♪」

日葵笑咪咪地這麼說，並用筆的尾端敲了敲我的頭。雖然不痛，但足以讓我認清這真的是現實。

「妳、妳為什麼會來這裡……？」

「咦～我去了悠宇家的便利商店之後，店裡的人跟我說『悠宇去參加展覽了』嘛。至於那位老師的腳……應該也不必多問了吧。哎呀～真沒想到悠宇會說謊騙我耶～總覺得見到你新鮮的一面了。是說，咲良姊是個大美人耶。平常聽悠宇那樣講，我還以為她是個性格差勁、講話又很愛挖苦的那種人。要是知道你姊姊是個這麼漂亮的人，早就請你介紹給我認識了。而且悠宇家的便利商店竟然沒有賣Yoghurppe……」

不不不不。先冷靜一下好嗎？拜託不要一口氣砸來這麼大的情報量啦。剛睡醒的腦袋有點應接不暇。

總算冷靜下來了。

也就是說，呃，我該問的是……

「呃，妳沒跟那傢伙出去玩嗎？」

「嗯～？有啊～但很快就散會了。因為悠宇不在嘛。」

日葵在接待處寫下自己的名字，若無其事地這麼說。

寫完之後，日葵露出了滿臉笑容……這讓我的背脊竄過一陣冷顫。啊，這是她真的動怒時的表情。

「是說，悠宇啊。我不是跟你說過已經不想再談戀愛了嗎？你為什麼還要做出那種事

呢～？」

「不、不是啦，就是、呃……」

「我可是因為他說悠宇也會一起來，才答應去玩的喔？碰面之後他才說悠宇突然不能來了，實在有夠可疑的啊～然後我正打算要回家時，他就突然認真向我告白了。我只覺得天啊～」

「那、那結果呢……？」

「這還用說嗎？是說，我真的很討厭那種苟且偷安的傢伙。雖然我自己一個人就什麼也做不成，讓自己破綻百出也有不對就是了～」

日葵無奈地嘆了口氣。

「不過，這次對方沒有做什麼壞事是沒差啦～但沒有經過當事人同意就安排這種事情，實在不是什麼值得讚揚的舉動喔。」

「什麼壞事……？」

「嗯～像是突然衝過來就要親我之類的？有些人一旦被甩了，就會想靠蠻力解決問題啊～對方或許是沉醉於戀愛情愫之中，但對我來說感覺就像被野狗咬了一樣。」

「這、這樣啊。抱歉……」

我坦率地道歉了。

聽她這麼一說，確實沒錯。要是跟自己不感興趣的異性單獨獨處，日葵也只會覺得傷腦筋吧。我的這番想法，完全是多管閒事了。

即使如此，我還是不認為自己所做的事情絕對沒有意義。

「但那傢伙人還滿好的啊。對我這種人也很親切，還認同我製作花卉飾品的興趣。我雖然很重視日葵，但我也把那傢伙視為摯友。所以我才會想，如果我重視的兩個人可以得到幸福，我也會覺得很開心……」

「……悠宇，你說這話是認真的嗎？」

咦？

就算我拚命地這麼說，日葵也只是靜靜地盯著我看而已。她跟平常一樣拿出Yoghurppe就喝了起來。我被彼此之間的情緒差異給嚇了一跳，忘了跟她說這裡禁止飲食。

接著，日葵果斷地說：

「那傢伙打從一開始就是為了追我，才會接近悠宇的喔。」

「………………」

這時，我臉上是怎樣的表情呢？

想必只有從正面看著我的日葵才知道吧。

總之，確實有各式各樣的情感在我內心竄流。我沒辦法質疑日葵。對我來說，她終究還是我在這世上的第一摯友。既然如此，我被那傢伙利用了也是事實吧。

但我還是沒辦法立刻轉念過來，不禁從口中發出奇怪的聲音。

「咦？」

「悠宇，你沒發現啊～？也是啦，你本來就不是那種會懷疑人的個性嘛～那傢伙在找你搭話之前就一再對我示好了。這應該就是射人先射馬之類的意思吧？」

「那妳先跟我說一聲不就好了……」

「不是啊？我也是想那傢伙如果真的想跟悠宇當朋友，對你來說應該是好事一樁吧？所以才會什麼都沒講喔。」

不過，結果就是現在這樣。

那匹馬很輕易就被射了下來，然而馬上之人卻是身經百戰的「魔性」日葵。很可惜的，他這番小手段起不了作用。

……順帶一提，在那之後他就再也沒有傳過LINE給我。到了新學期，即使碰了面……嗯，也是那種氛圍。

我都對自己的愚蠢心生厭惡了。

當我一個人陷入消沉的時候，日葵倒是咯咯笑了起來。

「以後你可不能再劈腿嘍～？」

「什麼劈腿……」

所謂劈腿是指跟戀人以外的異性約會，但跟摯友以外的朋友變得要好，真的可以說是劈腿嗎？

當我想著這種事情時，插花教室的老師便從展覽區走了過來。她罵說一直佇在入口處講話不太好，還不快點帶人家入內參觀。在我帶著日葵參觀的期間，老師便替我顧著接待處。

在這個空間沒有多大的展覽區當中，總共有十個左右的作品隔著相同間隔擺放。我依照參觀方向一個個向她介紹。很幸運的是這時剛好沒有其他來賓，就算說話大聲一點也沒問題。

即使不是我的作品，日葵也會問得很仔細。

有時還會開玩笑地說著：「哎呀～就連別人的作品也這麼熱心地進行解說，悠宇真的有夠喜歡花耶～」讓我覺得很難為情。

這時走到了沿著參觀方向數來倒數第四個作品前面。

放置在那裡的，是我製作的花卉作品。

那是用大大的向日葵做成的聖誕花圈。作品名稱直接取了「嚴冬的向日葵」。其他作品都是做成插花或是像盆栽那種類型，就只有這個是吊掛式的花卉作品。

花是向老師認識、有在利用溫室種植的花農購買。然而就這個時期來說，依然相當罕見。

看到這個作品，日葵不禁「哦」地輕呼一聲。

「這就是悠宇做的啊……」

「妳看得出來？」

「畢竟其他作品通常都是白色或藍色，就只有這個是滿滿的黃色嘛。不過搭配的裝飾品是紅色的，自我主張很強，我一開始還以為是其他成人學生的作品。總覺得就好的方面來說，這很不像悠宇的風格呢～」

她一邊說著「哦哦」或是「嗯～細節的部分還有別種花啊……」，從各個角度欣賞了這個作品。

接著她從向日葵的背面朝我看了過來，表情燦爛地笑了笑。

「難不成這是以我為主題做的嗎？」

「咦？……什、什麼意思？」

「嗯～我想說你可能是用我的名字做聯想，才會選擇用向日葵吧。」

「喔喔，日葵跟向日葵啊……我也不確定耶，只是剛好想到這個點子。」

我回答得含糊其辭。

……她這麼乾脆地一語道破，讓我覺得很難為情。不過她說得沒錯，這確實就是想讓日葵看見才製作的花卉飾品。

向日葵的花語是——「我只看著你」。

這是代表她的友情有「多麼率直」的花。

她說不像我風格的這番感想，就某方面來說確實沒錯。因為做出這個作品的，並非那場校慶之前的我。

自從跟日葵一起行動之後，我的人生稍微變得開心了一些。當然，以前一直面對花卉的日子也很開心。但我確實感到了孤獨。

都是多虧了日葵，我才會覺得有人在身旁看著自己，是一件這麼開心的事情。雖然也因此經歷過失敗，但我絕對不會想再回到過去那樣了。

正因為如此，我才會在這個冬季的展覽中選擇了向日葵。我想表達出無論是在多麼寒冷的季節，只要有日葵在身邊，人生就會開心無比。

好一段時間……不，是經過了很長的一段時間，日葵依舊看不膩似的一直端詳著這個作品。她實在看太久了，老師甚至擔心地過來觀望好幾次。

日葵盡情欣賞著這個將我的一番熱情具象化的作品，接著突然重新提起方才的話題。

「你如果真的是替我著想，就不要只希望我能怎麼樣。」

「什麼意思？」

「要是我自己一個人得到幸福，那悠宇不就會落單了？這樣一點也不好。因為，我跟悠宇是

命運共同體（摯友）啊。」

「是沒錯啦，但我們要同時得到幸福也太不可能了吧？」

「越是困難，鬥志也越高啊～我們得摸索出一條可以兩人一起得到幸福的康莊大道呢～」

語氣雖然像在開玩笑，但日葵是認真的。

有時候我不禁會想，日葵是不是個比我還更具備夢想家特質的人？然而想歸想，我覺得要是說出口就太魯莽了。

「那要怎麼做才能達成啊？」

「總之就是那個吧～悠宇得改進一下你花心的個性才行～」

「這、這倒是，呃，我會努力啦……」

被戳到痛處，我也沉默了下來。

日葵一邊開心地笑著，一邊鑽到花卉作品的後方。她從向日葵的另一頭，朝著我露出微笑。

「不然你就一直看著我好了？」

那幅光景，突然擊中了我的心。

至今的那些話大概全都是謊言。我做出這個花卉作品並不是想給日葵看。而是希望她能像這個向日葵一樣，眼中只有我而已。

……看來，還是我比較具備夢想家的特質呢。這讓我不禁苦笑。

「好啊。畢竟我是專屬日葵的命運共同體（摯友）嘛。」

「噗哈～！」日葵滿足地笑了出來，並來到我這邊，用自己的肩膀撞了一下我的肩膀。這讓我覺得相當難為情，不禁就撇頭面向另一邊。

「所、所以說，妳覺得這個花卉作品怎麼樣？」

「嗯～……」

日葵一臉嚴肅地沉思之後，換上滿臉笑容地說：

「五十分左右吧～？」

「唔……」

這深深刺中我的心。

總覺得……分數比想像中還要低。不，確實不至於拿到一百分，但她應該是滿喜歡的。不過，日葵在面對作品時不會說謊。

「為、為什麼？」

「嗯～我也說不太上來。確實是滿好的，但總覺得只有一半耶～既然是以我為主題製作的，就希望你能更了解我的感覺吧？」

「了解日葵？」

「沒錯。我希望你能在更加了解我之後，再做個作品出來。到時候我也會再跟你說我的感想喔～」

接著，日葵露出太陽般令人眩目的笑容說：

「所以，下次當你完成作品的時候，可要第一個給我看喔？」

「……嗯。」

很可惜地，最後還是沒有得到「不錯嘛」這個感想。然而不可思議的是，我卻一點也沒有感到不甘心。因為光是有這個約定，我就已經夠滿足了。

冬季過去之後，就是溫暖的春季到來。

同樣的季節肯定會不斷流轉，我們也如此深信不疑。

然而在那之後過了兩年的歲月，我們的友情之花迎來了跟過去不太一樣的春季。

那究竟會是永恆？

抑或只是延遲了過程而已呢？

都已經站在夏季的入口了——我們依然出不了這座迷宮。

# I 「愛的盡頭」

◇ ◇ ◇

七月下旬。

在後天即將迎來高中第二次暑假的平日早晨。

我——犬塚日葵的一天，就從鬧鐘響起的五分鐘前起床時展開。

「嗯……」

我在床上伸了一個大懶腰。

在手機鬧鐘響起之前，我就先取消了設定，並走下床。接著一股勁地打開窗簾，確認今天的天氣——嗯，微妙！

梅雨季明明就結束了，天空卻還這麼陰暗，真是傷腦筋。可愛到翻掉的日葵美眉，適合的是萬里無雲的大晴天欸～

不說這個了，天氣再怎麼不好，都還是要去上學。

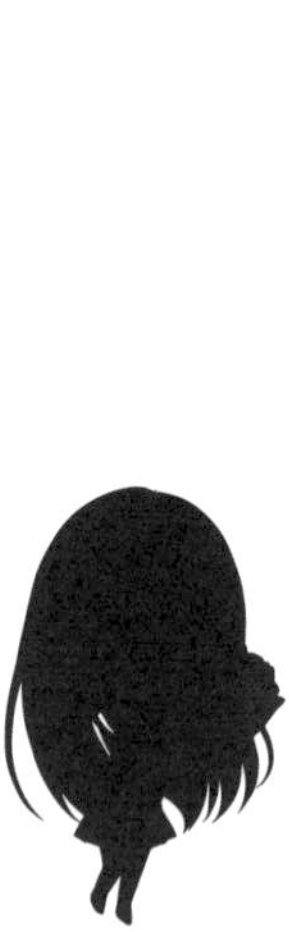

我脫下浴衣，並仔細地摺好放在床邊。這可是跟過世的奶奶借的，不能粗魯地亂丟。更何況要是惹爺爺生氣，那可比哥哥還要可怕多了。

無意間，放在房間角落的全身鏡倒映出只穿著內衣褲的自己。

「……天啊，眼前有個美少女。」

一瞬間，我還想說這究竟是誰。這麼可愛的女生真的可以存在於世嗎？我真的是受到神的愛戴耶～

……我說笑的啦。嘿！只有外表可愛的女生，這世上滿街都是好嗎～

（要是這個能再多少增加一點戰力，那又是另一回事了說……）

稍微集中托高一下。

我已經不在乎這種沒什麼重量的手感了。

乳房啊，可不是給人揉的。而是要自己揉的。無論男女，這都是不變的真理。也就是說，拿胸部當武器的人有榎榎一個就夠了。ＯＫ？

好啦。不做這種蠢事，該上學去了。我動作俐落地換了衣服，就拿著書包走出房間。

廚房傳來一道烤吐司的香氣。

「早安～」

我探出臉一看，哥哥人就在那裡。他身上穿著筆挺的西裝，正攤開報紙喝著咖啡。

哥哥露出溫柔的笑容說：

「早啊，日葵。媽媽已經去田裡了，妳自己準備早餐。」

「嗯。好喔～」

我烤了自己的吐司，並將桌上的沙拉跟荷包蛋夾過來擺盤。再從冰箱裡拿出Yoghurppe，我的早餐就完成了。

「爺爺呢？」

「爺爺在做每天的例行公事，晨跑去了。」

爺爺的身體真是硬朗啊～令人難以想像他就快百歲了。

我吃完早餐之後，哥哥也把報紙摺了起來。因為剛好跟他要去市公所上班的時間差不多，他會送我去學校。

我們坐上哥哥的愛車，並一路開往學校。

這時我們會聊的話題，通常都是這個——

「日葵。悠宇最近怎麼樣？」

「哎，『一如往常』吧～」

「原來如此。這麼說來，期末考的成績出來了吧？」

「啊，昨天拿到考卷的那一科他好像有及格喔～不過今天還有三個科目會揭曉，整體結果還是要等到那時候才會知道。」

「那就好。要是還要補考可就麻煩了。」

「這次我有陪他念書，沒問題啦。哥哥真是愛操心耶～」

這樣平穩的對話聊著聊著，也抵達學校了。

我下了車，跟哥哥道別。

這時，我確認了一下時間。

其實距離開始上課的時間還滿早的。只是我有一項重要的工作，才會特別提早半小時到校。

我來到停車場後方的花壇。

這裡是我們園藝社種花的地方。直到上個月還是一片荒蕪，現在則有了很多我種植的花苗。

早上要來這裡澆水，就是我負責的工作。畢竟悠宇早上都爬不太起來，榎榎則是還要幫忙家裡蛋糕店的工作。

我從倉庫中拿出澆花器，並在操場旁邊的水龍頭裝水。然後在避開花朵的同時，細心地澆著水。

澆花的時候，我總是會稱讚花「真可愛呢」，不過花肯定是在回應我：「遠遠不及日葵大人啊！」噗哈哈哈哈！

我望著種在花壇角落的那些波斯菊花苗。

一整片波斯菊看起來就很漂亮，因此這裡種了滿多種類的。當中我最喜歡的是……這個盆栽裡的黑色波斯菊。

巧克力波斯菊。

以波斯菊來說，這確實是給人比較沉著的印象，但一如其名會散發出巧克力的香氣，是種不可思議的花呢。

波斯菊基本上都得種在陽光底下，但這種巧克力波斯菊則是要有一半的時間種在陰影處。為了方便移動，才會只將它們種在盆栽裡。

這些大概都要到暑假結束那時候才會開花，在那之前我都會悉心照顧。你們可要開出可愛的花朵喔～♡

……這就是我平時的生活光景。

受到如此可愛又兼具犧牲奉獻特質的我所喜愛，悠宇這個人究竟有多麼幸運，光是從這個插曲就能看出端倪了吧。而且我既會念書，校內表現也很優異，神明大人真的很不公平呢～

但是，就連如此完美的我，最近也是有個「煩惱」喔☆

澆完花之後，時間也差不多了。從剛才開始，在停車場來來往往的學生也越來越多。

我也正準備要進到校舍，不過……

「啊，悠宇！」

另一頭有個高挑的男生正推著腳踏車走過來。
那是我面無表情的摯友，也是事業夥伴，更兼暗戀的對象。
也就是夏目悠宇同學喔♪
悠宇也注意到我了。然後，他不禁「往後退一小步」。
我沒有將這個反應放在心上，揚起了完美的笑容，揮著手朝他跑了過去。
「悠宇。早安啊～！」
高舉起的手就跟平常一樣碰上悠宇的肩膀！

——一揮，我的手卻落空了。

空氣當場凍結。
時間當然沒有靜止，周遭的學生們也都一如往常地走進學校。就只有我們沉默地站在原地。
嗯呵呵～我怎麼會這樣，真是傷腦筋呢～竟然在這個超近距離下，跟悠宇肢體接觸失敗了呢～
不過，我也是個人啊。多多少少還是會失敗啦。這不成問題。對一個人來說，最重要的並非從未失敗，而是要從失敗之中振作起來。爺爺從小就是這樣教導我的嘛。

所以說，再來一次！

「悠宇。早安！」

一揮，我的手又落空了。

……悠宇依然是面無表情的樣子，手指快速地點著手機。我才正想偷看一下，他就若無其事地把螢幕面向另一邊去。

他在用LINE。因為只有短短一瞬間，我並沒有看得很清楚，但對方大概是……榎榎。

「悠宇？」

「啊，日葵？我沒發現是妳。早啊。」

「騙誰啊！剛才那樣要是下意識做出來的動作，你就是武術大師了好嗎！」

「我、我沒騙妳。啊，今天天氣也很好呢。」

「未免太不會轉話題了，而且今天還是陰天耶？」

「啊，那個……呃，不用擦防曬乳之類……也很好嘛。」

「不，陰天時的紫外線才更是不得了。」

「是、是喔。原來是這樣。哈哈……」

然後對話就結束了。

悠宇沉默地推著腳踏車，並停放在停車場。他走在我身邊，手上還一直在傳LINE。

「我說啊，悠宇。邊走邊滑手機很危險喔？」

「喔喔，嗯……」

「…………」

「…………」

竟然還在傳……

他一副絕對要在三秒內送出回覆的樣子。再說了，他本來是個會以LINE為優先的人嗎？又不是在電影院裡還會滑手機的那種女生。

「呵呵、呵呵呵……」

我才不會輸呢～！

就算是賭口氣，我也要讓你把注意力放在我身上……！

「話說回來，悠宇啊～你暑假期間有想好什麼計畫了嗎～？」

「嗯～？啊～這麼說來，最近只顧著準備期末考，都忘了這件事……」

「對吧對吧～？製作飾品確實很重要，但畢竟是暑假，還是會想去玩吧～？畢業之後，說不定就沒有這樣的機會了呢～」

「也是呢。那就去遠一點的地方旅行好了。」

嘴上這麼說著，悠宇的視線還是盯著手機上的LINE。他動作迅速地點著手機，傳出訊息。

是沒關係。到這一步都在我的預料之中。

他要是以為我的攻擊至此結束，這樣的輕忽大意可是會要命的喔。

我悄悄靠到悠宇的耳邊低語：

「要不要跟我兩個人在外過夜呢？」

「……！」

悠宇一陣動搖，手機都快要掉下去了。

——上鉤了！

悠宇勉強沒讓手機落地，慌張不已地怒吼道：

「妳、妳妳、妳是白痴嗎！」

噗哈～！

剛才還一臉面無表情的樣子，我才說了一句話，整張臉就紅透了。真是的，想逃離我身邊就是一個大錯誤了啊～我可是花了三年的時間，晉升到悠宇測驗大師等級的女人喔。當然熟知要說怎樣的話，悠宇才會做出有趣的反應。

我揚起燦爛的笑容，對悠宇展開追擊。

「咦～？事到如今也沒什麼好害羞的吧～我們都已經是無法分割的摯友了嘛。」

「是、是沒錯啦。但總不能一男一女在外過夜……」

「悠宇啊。應該說，你怎麼會認為我們家不准許這件事呢？要是我說出想跟你外宿，哥哥恐怕會秒速預約好跟他有往來的高級旅館喔。」

「或許……是這樣沒錯……」

悠宇也真是的，這樣就表現出畏縮的感覺了。

嗯呵呵～都到了這個地步還在滑手機，要是就這樣談妥可就沒有後路嘍。肯定是我會奪下勝利。馬上就來個最稀有特效！

為了銜接到傳家寶刀的「噗哈～！」，我要在此祭出最後一擊！

「啊，還是說事到如今，你不禁用別的眼神看待我了呢～？」

「不，我不是這個意思……」

悠宇紅透整張臉，整個人也畏縮了起來。渾身都是破綻！看準這個時機，我要對他使出「拿出真本事的噗哈～！」這一招強烈攻擊！

好，預備——！

「真的噗哇！」

我的嘴巴突然就被摀住了！

出手的人不是悠宇。有兩條白皙的手臂從我背後伸了過來。我戰戰兢兢地一回頭，就跟有著一頭帶點紅色的黑髮美女對上了眼。

榎榎半瞪眼地注視著我。

「小葵，早安。」

「早、早安，榎榎……」

她輕輕鬆開力道，我才得到解放。空氣真新鮮。

身為悠宇的初戀情人，榎榎感覺相當自然地牽起悠宇的手。她修長的手指纏上悠宇的手指，該怎麼說呢，實在相當恩愛的感覺。具體來講就是十指交扣。

「啊，榎榎……」

「…………」

當氣氛變得相當尷尬的時候，榎榎冷笑了一聲。她隨後說著：「小悠，我們進教室吧。」立刻就把悠宇帶走了！

「啊，等等，悠宇……」

就在我連忙追上去的瞬間，榎榎朝我回過頭來。接著，她揚起宛如花瓣一般惹人憐愛的微笑，語氣明確地說：

「小葵。真期待『我們三個人一起外宿旅行』呢。」

嗚嘎！

趁著我不禁僵在原地時，他們很快就離開了……榎榎左手腕上的曇花手環給我留下格外深刻的印象，在腦海中揮之不去。

被遺留下來的我，不禁一個腿軟當場跪地。

這就是我最近的「煩惱」。

……最近，悠宇都只顧著榎榎，對我很冷淡。

♣ ♣ ♣

午休時間。

我在音樂教室後面的地方……簡單來說就是後院。那裡有個校舍的遮蔽處，我跟榎本同學並肩一起吃著午餐。

……呃，我們確實只是在吃午餐而已。

「小悠，啊～」

「……呃，啊～」

為什麼我要這樣餵食榎本同學吃便當呢？

要是被別人撞見這個光景，我們就只能永遠被認定為笨蛋情侶，而且再也逃不開這個束縛了。我不禁雙手掩面，含糊不清地懇求：

「榎本同學。請妳放過我吧……」

「不行。要餵到最後。」

「說穿了，這是為什麼啊？這算哪門子的羞恥玩法？」

我這麼一問，榎本同學就挺起雄偉的胸膛，一臉得意洋洋地答道：

「這是小慎親自傳授的，午餐時間用『啊～♡』提昇恩愛程度大作戰！」

「命名品味有夠土……」

這可不是有點糟的程度而已。

到底是誰命名的啊？不，我也知道八成是真木島啦。這場作戰大概還兼具惡整我的意圖吧。

還有，一般來說應該相反才對吧？為什麼是我在餵食啊？

在我感到遲疑的時候，榎本同學心懷不滿地噘起了嘴。

「嗯，我知道小悠會覺得很不好意思，所以才選了一個隱密的地方耶……」

「即使如此也該有個限度吧。這種事情對男高中生來說肯定是一段黑歷史喔。」

無論作戰名稱取得再怎麼土，實際上做的事情就只是在卿卿我我而已。

就算榎本同學再怎麼可愛……不，正因為她這麼可愛，才更是逼死人。說真的，光是榎本同學毫無防備地輕閉雙眼並朝我嘟著嘴唇，我都覺得快要咳血了，要是哪天從夏季制服大開的衣襟之間不小心瞥見乳溝之類的，我的理性感覺真的都要服從於本能了。

總之，再這樣下去實在很不妙。當我婉轉地拒絕繼續餵食下去時，榎本同學就把手機遞到我的眼前。

「小悠。你說這種話真的好嗎？」

「唔……」

螢幕上是LINE的聊天畫面。那是我今天早上上學的時候傳給她的訊息。

『榎本同學』『help』『日葵在堵我』『妳現在在學校嗎？』

『請您回覆』『日葵好像超有氣勢的樣子』『她絕對是要「噗哈」』『一大早來這招熱量太高』

『她說出要過夜這種話』『救命』『我不行了』『日葵太可愛我快受不了』『這樣我會沒辦法再跟她當摯友』『拜託妳我什麼都願意做』『為什麼已讀不回』『拜託救救我』

這些全是今天早上當日葵發現我的時候，我傳給榎本同學的ＳＯＳ紀錄。

為了感謝她將我從那個狀況下救出來，我才會像這樣餵她吃午餐。

「來，啊～」

「嗚嗚……」

……總算結束了。

整個便當都吃完之後，榎本同學一臉滿足地喝著午後紅茶，進入休息狀態。大概是我誤會

了，但總覺得她的肌膚變得很光滑的樣子。

（有種被玷汙的感覺……）

我一邊注視著一口都還沒吃……還在我手中的便利商店麵包，一邊暗自啜泣起來。來喝個Yoghurppe冷靜一下好了……正當我這麼想的時候，Yoghurppe就被拿走了。

「咦？接下來還要做什麼？」

「小悠，跟我吃飯的時候，禁止喝Yoghurppe。」

「咦？為什麼……？」

相對地，榎本同學朝我遞出一瓶跟她一樣的午後紅茶。然後就用帶著讓人不容分說的壓迫感的笑容表示：

「在跟女生相處時，還讓人聯想到其他女人不太好喔。」

「什麼其他女人……」

「因為，她對我來說已經算是情敵了嘛。」

榎本同學「嘿」地笑了笑，就將自己做的餅乾放進嘴裡……就連這樣有點隨便的應對都很可愛，實在太狡猾了。

榎本同學朝我遞出裝著餅乾的小袋子，繼續說了下去：

「再說了，你既然覺得小葵可愛到無法再跟她當摯友，直接向她告白不就得了？」

「咦咦……榎本同學說這種話好嗎？」

「小悠都找我求助了，我覺得你也半斤八兩吧……」

「也是呢……」

她說得對，我完全無從反駁。

我用雙手摀著臉，含糊不清地開始找起藉口。

「不，我是真的對妳感到很抱歉，但都沒有人可以陪我商量。我也沒有其他朋友……」

「小慎呢？」

「要是找那傢伙商量這件事，感覺就會得到騙人的建議，然後被他耍得團團轉。」

「這倒是……那雲雀先生呢？」

「如果跟雲雀哥說我對日葵抱持好感，當天就會被逼著在結婚證書上畫押。」

「小悠身邊的人……說白一點，都很奇怪呢。」

「我自己也這麼想，所以拜託妳不要說這麼白！」

而且榎本同學也包含在內喔？這麼說不太好，但光是喜歡我這種人，就已經夠奇怪了。

榎本同學這時輕呼了一聲，並用手指抵著下巴，一臉嚴肅地陷入沉思。

「也就是說，我已經成為小悠心中無可取代的存在……？」

「唔、嗯？不過，這樣說起來確實是啦……」

「雖然不是最喜歡的人，但姑且想留作備胎……？」

「這種說法也太偏激了！」

但即使被她這麼說，我也無從反駁就是了！

榎本同學一臉若無其事地說：

「開玩笑的啦。不過換句話說，我對小悠來講是唯一一個任何事情都能商量的對象吧？」

「呃，嗯，算是吧……」

榎本同學的玩笑話難懂得要命。真希望她的表情不只是平常那種酷酷的感覺，而是能再多一點變化。

「那也就是至今小葵的立場對吧？」

「嗯？哦～也是呢……」

「也就是說，我現在可是小悠的第一摯友了！」

「超正面解讀……」

不過，以條件來說確實是如此吧？

至今我都沒有任何對日葵說不出口的話。

正因為如此，才叫摯友。然而當她現在昇華成我的暗戀對象，說不出口的話也相對增加了。

真是諷刺。

而且榎本同學還因此感到有點開心，不但「欸嘿嘿」地笑著，臉頰還有些泛紅……該怎麼說呢，我覺得這樣不太好。

這時，午休即將結束的鐘聲響起。

在我們聊著這些事情時，午休時間也所剩無幾了。我硬是將午餐的麵包塞進嘴裡，並喝著午後紅茶嚥了下去。

榎本同學也將便當盒包好，並站起身來。她輕拍著裙子，忽然就像靈機一動地說：

「說起來，小悠是想跟小葵交往嗎？」

「…………」

面對這個問題，我老實做出回答：

「我不知道……」

「哦～？」

榎本同學才起了身，這又坐了回去。

「我雖然喜歡日葵，但比起談戀愛，我心裡更想以開店的夢想為優先。而且之前就已經弄得夠混亂了……」

事業與戀愛。

究竟何者比較重要——我心知肚明。

我們的基礎，就建立於開一間飾品店的夢想。若要兩人一起達成這件事情，我就不能獨自朝著另一個方向走去。

而且榎本同學的回答也滿狠的。

「這麼說來，小悠是會說出這種麻煩話的類型呢……」

被嫌麻煩了……

當我獨自感到消沉的時候，榎本同學倒是笑了。

「不過，我覺得這樣也很好。這就代表無論夢想還是戀愛你都想要，對吧？我就是喜歡小悠這種對自己很坦率的一面。」

「唔……」

被她那雙率直的眼睛注視著，我的內心也湧上了一點罪惡感。

當我正猶豫著要怎麼回答的時候，榎本同學就緊緊握拳說道：

「而且小悠跟小葵發展得不順利的話，我也就有機會了！」

這個女生滿臉笑容地說了這種話耶。我真的很想向榎本同學好好學習這樣堅強的心態。

這時，宣告午休結束的鐘聲也響起了。

我跟榎本同學道別之後，自己朝著教室走去……

「……嗯嗯？」

總覺得剛才好像有看到日葵……

那麼淺的髮色，應該是不會認錯才對……不過，應該是錯覺吧。如果真是日葵，她應該會來找我搭話才是。

♣ ♣ ♣

放學後。

今天期末考的考卷總算全都發回來了。

最後在笹木老師的數學課上，當我接過七十三分的考卷時，他感到無趣地對我說：「嘖，這次不用補考。」……我看那個老師是在期待我這次會不會又搞砸吧？

就這樣，班會時間也結束之後，我便開始準備回家。

之後剩下明天的結業典禮，接著就迎來暑假。

……當我一時大意地想著這些事情時，日葵跟平常一樣從背後緊緊抱了過來。

「悠宇～今天照料好花之後，我們就去AEON吧——！」

「……唔！」

心臟都快跳出來了。

日葵那柔軟身體的觸感，以及似乎有些香甜的氣味包覆著我。要不是平時練就的抗性，我可能會當場咳血。

（我要冷靜點！之前都沒把這種肢體接觸當作一回事吧……不，不把這當一回事確實才比較奇怪沒錯啦！）

到了現在這個時間，我也不會像今天早上那樣醜態畢露。做了一次深呼吸之後，我揚起僵硬的笑容，鬆開日葵的手臂。

突然從我身上抽離，日葵一臉不開心地緊緊注視著我。

「怎、怎樣……」

「沒怎樣啊～？」

她一副話中有話的樣子，頭也朝著另一邊撇了過去……自從午休時間結束，我回到教室之後，她就一直是這種感覺。

「是說，妳想去AEON喔？要買什麼東西嗎？」

「啊，對對對。暑假就快到了嘛，我們一起去挑泳裝吧～」

「泳裝！」

「哇啊，嚇我一跳。這件事有必要讓你這麼大聲做出反應嗎？」

有啊！

妳這傢伙，竟然要跟一個沒有在交往的男生一起去挑泳裝，到底是在想什麼……啊，話說去年我們也一起去了。這樣說起來，應該是要問去年的我在想什麼吧。

怎、怎麼辦……？

不，現在也只能跟她一起去了。要是這時莫名拒絕她才真的可疑。

「……榎本同學能不能一起去？」

「咦？為什麼會提到榎榎？」

「呃，就是……」

讓她們兩個女生自己去挑，對我來說心情上也比較輕鬆。

既然是日葵的點子，她想必會做出一些有點色色的惡作劇吧？我也應該要準備一些對策才行。

當我這麼思考的時候，日葵又是一臉不開心地緊盯著我看了。

「……悠宇，你最近都特別想跟榎榎一起行動嘛？」

「唔……」

見我支支吾吾的樣子，日葵嘆了一口氣。

「算了，是沒差啦～反正要去玩的時候，也會約榎榎一起吧。」

然後她不知道是誤會了什麼，便鬧著戳起我的側腹。

「更何況對悠宇來說，還是初戀情人的胸部比較能讓你打起精神吧～？」

「妳、妳在說什麼啊。蠢斃了。」

不過，她如果誤會成是這麼一回事，那對我來說也比較方便就是了。

我們旋即前往資優班的教室去找榎本同學。當我跟日葵一起走在走廊上時，正好看到榎本同學朝我們這邊走來。

她一看到我們，便跑了過來。

「小悠、小葵，午安。」

「榎本同學，午安。那個，我們等一下要去玩……」

在我正打算問她要不要一起去之前，榎本同學的表情就沉了下來。

「我今天要參加管樂社的練習，才正想跟你們說不能去園藝社幫忙了。」

「啊，這樣啊……」

盤算好的計畫馬上就被打亂了，讓我不禁感到動搖。榎本同學發現我的反應之後，很可愛地微微歪過了頭。

「小悠，怎麼了嗎？」

搶在我回答她之前，日葵就帶著滿臉笑容多嘴地說：

「我們正好聊到等一下要去挑暑假時可以穿的泳裝喔～本來也想拜見一下榎榎的泳裝，看來是沒辦法了，真是可惜啊。」

「啊，日葵……！」

當我慌張地想要阻止她的時候，已經來不及了。

榎本同學用一種宛如從地底傳來的聲音重複了一次：

「…………跟小葵去挑泳裝？」

感覺就像有一把冰冷的刀刃……劃過我的臉頰。

榎本同學對我招了招手。

「小悠。」

「什、什麼事……？」

被她帶到走廊角落之後，馬上就被一把抓住頭。接著她更使出全力把我往上拉！

（好痛好痛好痛痛痛痛痛痛痛痛痛痛……！）

這就是連日葵都會被弄哭的黃金鐵爪功！

從幾乎要失去意識的攻擊中得到解放之後，我當場抱著頭蹲了下來……而且沒有哀嚎出聲。

我真是太了不起了。

「小悠。你應該也不是想看我穿泳裝吧？」

「抱、抱歉！我猜日葵到時候應該是會『噗哈』，所以我才想懇求榎本同學的協助！」

「既然知道，那就不要去啊。」

「但、但是，呃，就是……摯友都說要一起去玩了……」

榎本同學的視線狠狠刺痛了我。

她感覺就像是在責備我「裝作一副純情的樣子，結果你這傢伙也是個男生嘛？？？？」……是的。說真的，我確實有點想看日葵穿泳裝的樣子。

不不不。就一個男生來說，想看自己喜歡的女生穿泳裝的樣子也很正常吧。雖然去年跟前年也都看過了，但不管看幾次都很棒啊？

結束對我的制裁之後，榎本同學一臉滿足地拍了拍雙手。

「你自己加油吧。」

「對不起……」

榎本同學說完就立刻走下樓梯了。

我回到日葵身邊之後，她一臉不安地向我問道：

「悠、悠宇。怎麼了嗎？總覺得剛才好像有股邪惡的壓迫感。」

「不，沒事。我們走吧……」

我就這麼跟感到費解的日葵一起朝著花壇走去。

♣ ♣ ♣

放學後整頓花壇的工作都結束之後，我們便一起前往AEON。

到了那邊，我們就在常去的那間印度咖哩店吃了晚餐，接著才朝日葵的目的地——泳裝賣場前進。畢竟現在即將放暑假，在服飾櫃位區之中，泳裝賣場的範圍擴大了不少。

當然，這裡感覺就像是男生禁止進入的大奧。然而，有些男性也是可以待在這裡。不是將軍大人……而是女性的同伴。

我是跟日葵一起來的，因此待在這裡也沒問題。

話雖如此，依然會覺得很尷尬。就算我可以在女性飾品店待上很久，這裡的難度還是太高了。明明也沒做什麼虧心事，不知為何卻會被當可疑人物看待，也太煎熬了吧？

日葵心情很好地哼著歌……最近這傢伙也老是在唱西野加奈耶。是不是受到雲雀哥的影響啊？

總之，日葵一邊物色著商品，一邊向我問道：

「悠宇，你覺得哪一件比較好看？」

「我看我還是回去好……咕呃！」

「等等～等等～等一下～配合度也太低了吧？」

「那、那妳也不要拉領帶好嗎？我真的會被勒死耶？」

她不讓我回去，無奈之下我也只好繼續陪她買東西。

在來AEON之前還覺得有點幸運，但真的來到這裡，感受到周遭那種獨特的氣氛之後，內心立刻就強烈湧上抽到下下籤的感覺。

「再說了，妳挑自己喜歡的不就得了。事到如今妳也不會因為他人的評價而不安吧？」

「嗯～是沒錯，我這個人應該穿什麼都好看啦，不過……」

日葵拿起一件有著黃色荷葉邊的比基尼，並拿到胸口的地方比了比。

「反正我是想讓悠宇看才來買的，所以挑件悠宇喜歡的比較好吧？」

「咦……啊，那個，呃……」

我不禁僵在原地。

但就錯在做出這種反應。只見日葵揚起滿面笑容。

「哎呀呀～？悠宇同學難不成是心跳加速了嗎～？」

「少、少囉嗦。妳真的不要再說這種話……」

「噗哈～！悠宇真是的，感覺一輩子都會中我的計耶～你看，這邊也有可愛的款式，我們去看看吧？」

我慌張地閃過若無其事伸過來的手。

「…………」

一瞬間，我知道日葵睜大了雙眼。即使如此，我還是裝作沒發現一樣，將手插入口袋之中，並朝著日葵說的方向走去。

「妳說這邊嗎？哦～確實有很多可愛的呢。」

「……嗯～」

一道不滿的視線從背後投了過來，真的刺得我有夠痛。

日葵就像貓一樣。會有很多身體上的肢體接觸，當她想觸碰卻碰不到時就會感到不滿。

換作平常，我想必會為此感到開心，但對現在的我來說實在太刺激了。跟她對話時還勉強可以裝成跟之前一樣，但接觸實在沒辦法。

（我也真厲害。戀愛等級還停留在小學生的階段。真心想哭……）

話說回來，我對女生抱持異性方面的好感，也就只有小學生那時對榎本同學萌生的感覺……

日葵挑了幾件泳裝。真不愧是日葵，她挑選的每一件款式都還滿擊中我的喜好。具體來說，比起性感的款式，與花卉相襯的優雅可愛類型更棒。

我在試衣間前面一味地等著。

應該說，從我離開這個地方的瞬間起，我就會從日葵的同伴變身成可疑人士了。雖然沒必要離開這個地方，但這裡也同樣堪稱地獄。

……衣物窸窣的聲音，誘人做出不該有的遐想，實在很不妙。

這麼說來，在參加雲雀補習班的那天晚上，好像也曾有過這樣的事情。就是當我在日葵家的浴室中，她說著「要不要我幫你刷個背」的那個時候。

糟糕。雲雀哥（帥哥）的裸體漸漸侵蝕掉我的記憶……

「悠宇。你自己一個人是在煩惱什麼啊？」

「……唔！」

我回頭一看，只見日葵從試衣間探出頭來。她的姿勢感覺就像拉著布簾遮住自己的身體。

「啊，妳試穿好了嗎？那就回家吧。」

「太快了吧？你是有沒有這麼想回家啊？」

日葵嘆了一大口氣。

「欸，悠宇，你也給我一點感想嘛。」

「啊，嗯……嗯？」

這麼說來，我就是為此而來的。

這個瞬間終究還是到來了。我超緊張的。但不知為何，日葵並沒有拉開布簾。

「欸，悠宇？」

「怎樣……？」

「其實啊～我現在身上穿的是相當不得了的款式喔～絕對沒辦法穿給其他人看的那種♡」

「什麼？不是妳剛才拿進去試穿的嗎？」

我只用眼神傳達出「具、具體來說是怎樣……？」的疑問。結果日葵那雙藏青色的眼睛都亮了起來。

「細繩♪」

「噗呼！」

我差點就噴出口水了。

細繩是指……很細的繩子？抽繩綁帶的意思？是抽繩綁帶泳裝嗎？

不不不，怎麼可能。這只是日葵的壞習慣又發作而已。

「騙、騙誰啊。AEON怎麼可能會賣那種不得了的款式……」

「嗯呵呵～你有辦法斷言嗎～？」

「當然啊。這裡可是適合全家人一起來購物的地方耶。」

日葵晃了晃布簾。我以為她就要拉開了，身體不禁抖了一下做出警戒……然而，這只是她的假動作。

不，她不可能穿上那種泳裝。一定只會演變成平常「噗哈～！」的發展。

然而即使理智上清楚得很，卻還是會害怕有個萬一。如果她說的是真的……現在的我必死無

疑。大概隨隨便便就會超越心智的致死量。

兩人之間的氣氛一觸即發。

在我嚥下口水的瞬間，日葵露出一抹竊笑並將布簾——

「抱、抱歉！我還是先回去了！」

「等等……悠宇！」

我遜掉了。

在布簾拉開之前，我頭也不回地逃離了現場。

♣ ♣ ♣

騎上腳踏車之後，我一路狂衝回家。

嘔噁，使盡全力騎車之後感覺好想吐。晚餐吃的鮮蝦咖哩好像都快湧上來了……

我是不是對日葵做了很過分的事情啊？不，那傢伙也有不對吧。她是慾女嗎？我之前就不禁這麼想了，那傢伙絕對有那個意思吧。在其他男人面前應該不會那樣做，但在大庭廣眾之下那樣惡作劇也太糟糕了。

總算看見我們家的便利商店了。抵達位於道路另一側的家之後，我停好腳踏車就進到家裡。

（……咦？客廳的電燈亮著？）

而且還能聽見咲姊在講話的聲音。

這時間她應該已經要去便利商店顧店才是。當我這麼想的時候，便發現玄關有一雙沒見過的鞋子。

那是一雙感覺就很貴的女款厚底涼鞋。上頭的裝飾相當細緻，令人神往。我們家的姊姊基本上都是穿橡膠拖鞋，所以應該是有客人來了吧。

……這種時候還是默默回房間好了。要是惹得咲姊不開心就麻煩了。

正當我躡手躡腳地想穿過客廳的時候，不知為何就被咲姊叫住。

「蠢弟弟。既然到家了，也不會說一聲。」

「咦？」

我不禁做出奇怪的反應。

咲姊竟然會主動叫住我，這說不定還是頭一遭。我莫名產生一股不祥的預感，便到客廳露臉了。桌子上擺著PORIPPY（註：一種豆類零嘴）跟麥茶，咲姊一副很悠哉的樣子。

「我、我回來了。有客人嗎？」

「對啊。過來打聲招呼。」

為什麼啊？

平常這種時候明明都只會說著：「快回房間去啦蠢弟弟。」這樣凶我而已。

我懷著有些難以釋懷的心情，踏入客廳。接著看向那位應該是客人的女性……然後一瞬間就全身僵在原地。

桌子前方有一位驚為天人的美女。要說她有哪裡與眾不同……應該說是氣場，還是壓迫感呢？總之是一位非常有存在感的女性。

她豐沛的長髮燙著大捲，小小的臉就像雞蛋一樣光滑。眼睛跟鼻子的輪廓都很深，完全給人一種人偶般的印象。咲姊的容貌也算是美人，但這真的會讓人體認到是不同次元的存在。

那人穿著有很多荷葉邊點綴的夏季洋裝。衣服本身是可愛類型的設計，但受到她散發出的氛圍影響，看起來成熟許多。旁邊則擺著一頂大大的草帽。全身上下的物品做工感覺都很細緻，一眼就能看出是高級的名牌。

（超級大美人。該怎麼說呢，很有都市人的感覺。她看起來很時尚，整個外貌相當精緻。感覺很能突顯飾品的美……嗯嗯？）

無意間，好像有什麼地方很令人在意。我跟她應該是第一次見面才對……但很不可思議地，總覺得自己認識這個人。尤其是那頭帶點紅色的豐沛長髮，以及凜然的眼神給人的感覺。

當我這麼想的時候，她揚起淺淺一笑。帶著那抹輕飄飄的柔和笑容，她對我開口說道：

「夏目悠宇同學。初次見面，你好啊～♪」

「妳、妳好……咦？怎麼會知道我的名字？」

我有向她自我介紹了嗎？還是咲姊跟她說的？

見我一臉困惑的樣子，不知為何是咲姊傻眼般嘆了一口氣。

「蠢弟弟。你該不會連自己恩人的長相都忘了吧？」

「恩人……？」

這形容聽起來太難以理解了。

在高中生的日常生活來說，應該不會用到這個詞吧。

我完全搞不清楚現在是什麼狀況。我的恩人？我不記得自己有遭遇過生命危險並被人拯救的經驗，而且國中時遇過的老師當中也沒有這樣的人……

然而，聽她說出下一句話我就懂了。

「我是榎本紅葉～☆」

「…………」

這一瞬間，我想到各式各樣的事情。

對了。我有見過她。在我國中那場校慶上，日葵為了販售飾品，透過雲雀哥向一位讀者模特兒學姊借助力量。而她在Twitter上宣傳了我的飾品。

咦？所以說，這個人就是……

「榎本同學的姊姊！」

「你總算發現了啊。沒錯。她就是凜音的姊姊。」

這麼一說，我也確實信服了。之所以會有這種莫名的熟悉感……不只是因為那則Twitter，更重要的是她跟榎本同學十分神似。

她的舉止雖然給人柔和的感覺，但五官還是相當凜然……而且不只長相，就是……還有胸部的份量也是。還以為榎本同學已經無人能敵，沒想到還有更波濤洶湧的。世界真是遼闊啊……

見我目瞪口呆的樣子，紅葉學姊說：

「我有聽慎司說了，原來你真的跟凜音是朋友啊～？妹妹平時多受你照顧了～♪」

「啊，不會。是我才多受她的關照……咦，妳說慎司？是指真木島嗎？」

「嗯。他是我們家的鄰居嘛～來機場幫我提行李時，就聽他說了悠悠你們的事情喔～☆」

「悠悠……」

比起她跟真木島之間的關係，我不禁更加在意這個稱呼。

不，是沒差啦。畢竟榎本同學也是用「小悠」來稱呼我，這種地方就能體認到她們真的是姊妹呢。

……是說，總覺得她跟之前聽說的印象不太一樣。

她跟榎本同學的關係好像不太好，也聽說她跟雲雀哥水火不容。我也不是在懷疑這些說法，

只是我以為她會是個感覺個性更差勁的人……

「啊～！悠悠，你現在應該在想『還以為她是個個性更差勁的人』之類的吧～？」

驚。

天啊，被她說中了。難道是被讀心了嗎？她是何方神聖？忍者嗎？是說氣噗噗的紅葉學姊未免太可愛了吧。像氣球一樣鼓起的臉頰讓人現在就想立刻戳下去，尤其當胸部隨著她「哼哼！」的反應跳動的樣子太不得了了。

見我震懾於那太過強大的戰鬥力，咲姊不禁嘆了一口氣。

「蠢弟弟。看你的臉就知道在想什麼了。」

「唔咕……」

啊，原來是這樣……

聽見這樣太過正確的指摘，我也只能閉嘴。

這時，咲姊向正說著「呵呵呵。悠悠好可愛～」這種難為情發言的紅葉學姊說：

「紅葉。妳是有事要來找這個蠢弟弟的吧？」

「啊☆對對對～我差點忘了♪」

看她輕輕敲了一下自己的頭，擺出超裝可愛的動作時，就連我也大吃一驚。

現、現在的年號已經是令和了對吧？真不愧是遠近馳名的人氣模特兒，相當有膽量。而且，總覺得她的舉止比起榎本同學，屬性更接近日葵。若直言不諱的話，就是有著煩人可愛型女生的氣質。

不過，這個人有事找我嗎？

她現在已經是就算登上雜誌封面也不稀奇的人物了。我國中校慶那時確實是受到她諸多關照，但也沒有直接的交流。

我還以為她是來找咲姊的。雖然沒有仔細過問，但我記得她是咲姊的高中同學吧？好像跟雲雀哥之間也有一段過節，原來不是因為這層關係才來的啊。

（難道是跟飾品有關的事嗎？）

我首先想到的就是這個原因。

會不會是看了日葵的ＩＧ，而希望我幫她做個飾品呢？

如果真的是這樣……那我會覺得非常開心。若是能讓那個業界的成功人士看上眼，自己也會增添不少自信。

（但是，天底下哪有這麼好的事……還是她是要來跟我說榎本同學的事呢？）

既然她說是從真木島口中聽來的……如果是那傢伙，很有可能會連沒必要的事情都交代得一清二楚。尤其就像今天午休時間榎本同學所說的玩笑話，看在他人眼裡會認為我是把榎本同學當備胎也不奇怪。如此一來，身為姊姊應該會看不下去吧？

天堂與地獄……
我緊張地等待她的判決。
然而，紅葉學姊笑咪咪地說出口的話，卻是兩者皆非。
「把你的日葵～給我吧☆」
……聽見這句話，就連受到日葵鍛鍊的我也說不出吐槽。

◇◇◇

悠宇突然間逃走之後……我很快就展開行動。我在AEON前面攔了一輛計程車，立刻就回到學校。
時間是晚上七點多……現在白天比較長，因此有些運動社團還在練習。
我走向在操場一隅張著球網進行練習的網球社，跟負責指導社員的顧問笹木老師搭話。
「笹木老師～♡」
「犬塚？妳還留在學校啊？」
「對啊。我有點事情想找那個沒節操……真木島同學，請問方便嗎～？」
我露出滿臉笑容，讓老師沉浸在閃亮亮的天使笑容光束之中。指導學生練習到疲憊不堪的笹木老師喊著「咕哇啊啊！」受到淨化之後，很乾脆地就幫我把真木島同學叫了過來。

真木島同學驚訝地說道：

「日葵？究竟是有什麼……唔喔！」

「到處拐騙女人的該死傢伙。給我過來一下。」

「等、等等。等一下！妳講話的聲音也太認真了，很恐怖耶！」

我揪住他的脖子拉著走，並把他摔在園藝社的花壇旁邊。真木島同學以不錯的姿勢跌倒，整件網球上衣都是泥濘，但還是勉強撐起身體。

「怎、怎樣啦？我正在練習耶……？」

「吵死了。我這邊的事情比較重要好嘛。」

我搶走真木島同學的球拍，在另一手的掌心上拍打著，並俯視著眼前所有人公認的渣男。

仔細想想，我這四個月來都一直被這傢伙牽著鼻子走。這次的事情，背後肯定也有他在牽線。

「最近悠宇很奇怪耶。應該是你又做了什麼好事吧？」

「什、什麼？小夏很奇怪？具體來說呢？」

「他很露骨地在躲著我。你是不是對他灌輸了奇怪的事情？」

「不，我真的沒有做過那種事啊？去機場接那個人的時候我的確有提出協定，但說穿了，那

也不是我想要的成果……」

「你果然在背後搞事嘛，看招——————！」

「所以說妳等一下啦！網球拍也不是拿來打人的！」

真木島連忙抱住了花壇旁邊那盆巧克力波斯菊，並拿整個盆栽當盾牌，高聲笑道：「這樣妳就不敢打了吧，啊哈哈哈！」

「我的天啊，真木島同學也太卑鄙了吧！」

「妳好意思說我……」

「這是悠宇的花耶！跟我們吵架沒關係好嗎，還來！」

「好啊。那就跟妳手上的球拍交換！」

嘖！

我用搶來當作人質的網球拍，跟他交換了那盆巧克力波斯菊。真木島同學仔細確認了一下，便重重地嘆了一口氣。

「我平常的確都有所盤算，但現在還不是那樣的階段。再說了，我也看不出來他有在躲著妳啊？」

「平常是沒有啦。但他有時候會莫名感覺坐立難安的樣子。都不讓我牽手，也完全不讓我有機會『噗哈』。剛才去AEON挑泳裝的時候也是，我只是鬧了一下他就逃走了……」

「……哦？」

真木島同學揚起一抹竊笑。

「原來如此。然後妳在試穿泳裝時挑逗地說『其實下半身穿的是細繩那種款式喔』，沒想到他卻不當一回事是吧。」

「你剛剛是不是在旁邊看啊——————！」

「咦……我只是開個玩笑，妳還真的穿了那種款式嗎？是不是太變態了點？」

「我怎麼可能真的穿啊！」

而且AEON又沒有賣那麼不得了的款式。難得我都想好了，「要是悠宇跑來偷看我就穿著制服對他噗哈～！」

「榎榎也很奇怪啊～最近午休時間感覺都像在排擠我一樣，他們兩個自己去幽會喔？」

「啊哈哈。那事情不就很明顯了。看來小夏終於放棄日葵，倒戈到小凜那邊了。這也是好事一樁啊。妳就好好祝福摯友展開新的生活吧。」

「……你是不是想讓那把球拍再次被當作人質啊？」

「我、我開玩笑的啦。妳也太不從容了吧……」

真木島同學將球拍藏到背後，一點一點與我拉開距離。

「不過，既然你們的關係正處在這麼不和的狀態，那樣也好。我的計畫就能更順利地進行下

去了。

「……你這次又想幹嘛了？要是再破壞悠宇的飾品，我絕不輕饒。」

「沒必要再用那種『小手段』。『我們』跟日葵的戰鬥已經迎來最終局面了。」

接著，真木島宣告了一個對我來說太過意外的事實。

「紅葉姊已經回到這裡來了。」

「……唔！」

聽了這句話，我不禁倒抽一口氣。

我寶貝地抱在懷裡的盆栽——

巧克力波斯菊。

這是一種會散發甜美香氣的不可思議花朵。

我記得這種花的花語是——「愛的盡頭」。

♣ ♣ ♣

聽到紅葉學姊說的話，我不禁倒抽一口氣。

「把、把日葵……給妳？」

就算重複說了一次，我還是不明白這句話的意思。

「請問這是什麼意思……？」

紅葉學姊依然語氣柔和地說：

「我想悠悠應該也知道吧～日葵答應要進入我們這間經紀公司喔～啊，雖然那是今年黃金週那時的事情就是了～」

「原來那間是紅葉學姊的經紀公司啊……？」

「對啊～本來就是我向總經理提案，要把她挖進我們公司的～我說我有個非常可愛的學妹喔～絕對可以培育成一位出色的藝人～這樣。」

「原、原來如此……」

這樣一切就說得通了。

就算在ＩＧ上的追蹤人數再多，我也不認為光是如此就足以吸引到演藝經紀公司。而且，經紀公司所提出的條件應該也相當優渥才對……也就是說，是因為有這個人在背後牽線啊。

……但我還是有個不明白的地方。

「我聽日葵說，她已經拒絕了……」

「就是說啊～她一開始『裝作接受』這件事，後來又翻臉說『還是算了』呢～」

我對這件事有印象。

當我跟日葵第一次大吵架的時候，日葵有給我看信件往來的內容。從那回應的概要看來，確實是一度有答應。

那個時候發生的事情，我也有責任。於是我坦率地道歉了。

「抱、抱歉，給你們添麻煩了……」

「沒關係。我沒有生氣喔～雖然在各方面都花了不少錢，但那也算是我自己擅自先準備的關係呀～我『自掏腰包』結清了那些費用，也完～全不在意『被信任的日葵給耍了』喔～？」

「唔唔……」

她這番話語氣超強調的耶。絕對是懷恨在心吧……

如果找咲姊來……啊，沒救了。她完全在看電視。說穿了，這個人也不可能會來救我。

「所以說，這次『總之』先對等地來找悠悠『商量』一下～」

「找我商量？那是指……」

紅葉學姊雙手拍了一下。

打斷我的話之後，她用格外開朗的聲音說：

「我『希望悠悠能幫我說服日葵』～♪」

「說服日葵？」

總覺得她那抹柔和的笑容，好像產生了一點變化。

不，笑容本身是沒有變。只是我到現在才總算察覺這點。

這個人的表情從剛才開始就毫無變動，一直都是同樣的表情。就連眉毛也是紋風不動，維持著完美的沉著笑容。

由於實在太過完美……那抹笑容簡直就跟人偶一樣。

「你能不能『拜託』日葵加入我們經紀公司呢～？如果是由你這位真心摯友來說，她想必會答應喔～」

「這、這種事……！」

「不行嗎～？」

「當然不行！而且我跟日葵……」

紅葉學姊再次拍了一下手。

我因此嚇一大跳，也說到一半就停了下來……

「我聽慎司說了很多，原來日葵會用ＩＧ也是為了悠悠對吧～？你們是為了一起開一間飾品店的夢想而努力呀～？」

「沒、沒錯！所以日葵……」

我忍不住搶話打斷她。

結果紅葉學姊快活地大笑出聲。

「啊哈哈！怎麼可能會成功嘛～！竟然想在這種鄉下地方開一間個人經營的飾品店，未免也太不切實際了吧～♪」

「……唔！」

沒有任何前兆就拋來語帶惡意的一番話。

這讓我腦中一片空白，內心也湧上一股強烈的怒火。就在我乘著這股氣勢想對她回嘴的時候，側腹突然就遭到咲姊攻擊！

「唔嘎！……咲、咲姊！」

「蠢弟弟。不要因為這點程度的挑釁就在那邊嚷嚷。」

咲姊這句話讓我回過神來。

沒錯。我不能面對這種狀況就自亂陣腳。我不知道紅葉學姊是基於什麼意圖才這麼說，但總之我必須冷靜下來。

紅葉學姊說著「你們姊弟關係還真好呢～」蒙混過去，並從桌子底下拿出某個東西。

「當然，我也不會要你無償幫忙喔～悠悠願意協助我的話，『這個』就給你～」

她拿出來的是一個沉甸甸的皮革製方形手提箱。大小就跟我上學的書包差不多。

我才正想著不知道是什麼東西，紅葉學姊就果斷地打開了。

出現在眼前的是塞滿整個手提箱的鈔票。

這時使勁地把手提箱蓋上的，是人在一旁的咲姊。她抽動著太陽穴，對紅葉學姊怒吼道：

「妳有什麼毛病啊？不要隨便拿著這種東西走在路上！」

「我也不想啊～但支票帳戶就沒通過審查嘛～」

「那看是要用白紙黑字什麼的，多的是辦法吧！我才在想妳找我家蠢弟弟究竟有什麼事，妳難道沒有常識嗎？」

「唔～咲良，妳比高中的時候還更囉嗦耶，討厭～！」

「吵死了！妳都已經變成大人了，也該改一改了吧！」

我的腦中一片空白。

就只有那道強烈的光景深刻留在腦海中，讓我的嘴角不禁抽動。隨後，我才總算擠出了一道疑問。

「這、這些錢是……？」

結果紅葉學姊帶著若無其事的笑容說：

「這還用說嗎～是跟日葵『等價』的錢啊～」

「……唔！」

聽見這個詞，我下意識地拍了桌子。

「妳是認真的嗎？日葵可不是個『東西』！」

但紅葉學姊只是打從心底感到費解地歪過了頭。

「當然不是啊～難道在悠悠眼中，日葵看起來像是寵物嗎～？」

「怎麼可能啊！所以說，妳怎麼會拿錢來交易日葵……」

「但是但是～為了實現悠悠你們的夢想，就需要錢吧～？這只是我先代墊了日葵往後會賺的錢而已喔～？」

「這不是重點……」

「不然重點是什麼呢～？」

我不禁沉默。

問我重點是什麼？她是認真這麼問的嗎？

內心湧上一股前所未有的不快感，我這才總算對她回嘴：

「不，請妳先等一下。我們的目標是靠自己的力量開店。並不是只要收下錢就會滿足……」

「唔～悠悠說的話就像在狡辯一樣，真是討厭啊～」

紅葉學姊皺起眉頭，噘起嘴沉吟了一下。

接著她像是靈光一閃般露出開朗的笑容，拍了一下手便說：

「我知道了！那不然，我就幫你找個『替代的模特兒』吧～」

「……啊？」

紅葉學姊拿出手機。

她輕輕滑了幾下，最後點了下螢幕。

與此同時，咲姊的手機傳來通知音效。咲姊看了一眼，便大嘆一口氣。

「紅葉，妳竟然膽敢把我當成傳話筒……？」

「可是～人家又不知道悠悠的帳號～♪」

咲姊將內容轉到我的手機。

我困惑地打開LINE之後，就看到上頭貼了幾個部落格的網址，以及ＩＧ帳號。

我一個個點開來看，發現每個都是可愛女性的資料。她們的年紀大多是十幾歲到二十五歲之間。每個人的簡介都標註著「職業：模特兒」。

接著，紅葉學姊依然用那抹不變的笑容說：

「來，這些都是我經紀公司的後輩喔～大家也都有相關的工作經驗～想必她們能取代日葵吧～你『盡情選個喜歡的女生』吧～」

「…………」

我完全說不出話來。這或許就是目瞪口呆的感覺。

選個喜歡的女生？取代日葵？這是什麼意思？不，字面上的意思我當然明白。但都不需要經過這些人的同意嗎？應該說，為什麼？

這個行為已經超出我的理解範圍，腦袋完全當機了。我轉而向咲姊尋求協助之後，她露出一臉忍著頭痛的表情，難得幫了我一把。

「紅葉，妳從以前就有這樣的一面耶……」

「咦～？我有做了什麼奇怪的事情嗎～？」

「就算說了妳應該也不懂，我就不浪費唇舌了。但妳做的這些事情，我那個蠢弟弟絕對無法理解。」

「唔～不要錢也不要模特兒，那到底要怎麼樣才好呢～？」

聽她說出這種純真的話，我這才總算察覺了。

（她是認真的……？）

一開始我還以為她是在挖苦我，但大概不是。

她的價值觀打從根本就有所偏差。究竟是哪一點？我是不是少對紅葉學姊說了什麼？

……恐怕就是這個吧。

「紅葉學姊。我的夢想是『跟日葵一起』開店。就算現在收下妳提供的資金，或是採用妳介紹的模特兒都沒有意義。」

「…………」

瞬間。

紅葉學姊露出面無表情的樣子，那壓迫感令人打從心底發寒。一道像被子彈擊穿的感受竄過我的身體——然而下一刻，紅葉學姊又重新露出剛剛那種人偶般的笑容。

她拍了一下手，笑咪咪地用開朗的聲音說：

「啊，原來如此～換句話說，就是你很重視日葵的意思吧～♪」

「…………」

不同於這樣開朗的氣氛，我的背部如同瀑布一般冷汗直流。

剛才那是怎樣？那種跟殺意很相似的感覺……對了。就跟雲雀哥偶爾真的動怒的時候一樣。然而卻帶給人一種涼意，該怎麼說呢……非常恐怖。

「我、我去喝杯水……」

喉嚨乾渴到不行。我一站起身，就到廚房打開水龍頭裝了些水。喝光之後，心情也稍微冷靜下來了。

咲姊在我身後說著：

「紅葉，妳為什麼就這麼看好日葵啊？」

「哎呀呀～？這樣很奇怪嗎～？」

「很奇怪啊。妳突然跑回來，還丟出這麼一大筆錢，當然奇怪。妳的確跟雲雀交往過，但妳跟日葵有那麼要好嗎？」

「沒有啊～是有交換聯絡方式～但應該沒有實際見過面吧～？」

「那為什麼要這麼執著於她啊？就算是工作的一環……也很詭異好嗎？我不知道妳那間經紀公司的方針是怎樣，但這種星探般的舉動早就超出模特兒工作的範疇了。」

紅葉開心地答道：

「因為日葵非常可愛嘛～♡」

「…………」

咲姊皺起眉頭。

相對地，紅葉學姊感覺很沉迷地侃侃道來。

「可愛是一種才能喔～就跟跑步很快的人成為運動員，很有音樂天分的人成為音樂家是一樣的道理。只要用對方法，光是如此就能成為讓人『與眾不同』的武器。但現在的日葵，卻要將自己這麼大的才能浪費在別人微不足道的才能上頭。所以我才會想拯救她呀～這麼想是有哪裡不對勁嗎～？」

「…………」

咲姊沉默以對。

她一臉凶狠的表情……不，雖然跟平常相去無幾就是了。總之她板著一張臉陷入沉思，最後說著：「是喔……」就結束了這段對話。

我忍不住大聲說道：

「妳的意思是我浪費了日葵的才能嗎……！」

「是啊～日葵一點也不適合在這種鄉下地方的小店擔任招牌女店員好嗎～正因為她執著於莫名其妙的約定，才會沒辦法對自己的未來做出正確的判斷吧～再說了～……」

接著紅葉學姊揚起漂亮的笑容說：

「說真的，我是覺得～悠悠做的飾品『也沒有多了不起』吧～我有看了你們的ＩＧ～其實只要去逛逛販售原創飾品的網站，就會看到一大堆大同小異的飾品呢～竟然要日葵把人生奉獻給這種『平庸之作』，也太浪費了吧～」

「……唔！」

我正想做出反駁……呃，好痛！咲姊又攻擊了我的側腹！

「咲、咲姊！」

「蠢弟弟，我剛才就叫你冷靜點了。要是隨著這個人的話起舞，你可是會鑄下無可挽回的大錯喔。」

這時，紅葉學姊眨了眨眼。

「咲良人真好～♪不管怎麼說，妳還是會擔心自己的弟弟嘛～？」
「怎麼可能。我擔心的是日葵。」
「少來了～真是不坦率耶～♪……啊，這麼說來～咲良高中時喜歡的那個人～也是像悠悠這樣的夢想家……」
這個瞬間，咲姊目露凶光。
她伸手摀住紅葉學姊的嘴，並揪起衣襟把她抓了過來。
「妳是不是很想立刻被蓋布袋再丟去海裡餵魚啊？」
「討厭～♪鄉下人的威脅有夠原始啦～☆」
從咲姊手中得到解放的紅葉學姊轉而朝我看了過來。
「悠悠。即使如此，你還是想束縛日葵嗎～？」
「什、什麼束縛。說穿了，我們的夢想是……」
「是從日葵身上得到協助嗎～？就算是這樣，我也不認為悠悠可以因此拋開冷靜判斷的能力耶～？」
「我、我的飾品是為了日葵而做……」
「換個模特兒，作品質就跟著改變的話，就稱不上是專業了喔～？而且從黃金週結束那時的ＩＧ看來，是我們家的凜音在擔任模特兒的吧～？」

「那、那也只有一次……」

「既然能做到一次的話，好幾次也不成問題啦～日葵由我收下，悠悠跟凜音一起努力就好了啊～？」

「所以，我就說是想跟日葵一起……」

紅葉學姊這時又拍了一下手。

見我嚇了一跳，紅葉學姊便帶著滿臉笑容說道：

「悠悠，想要得到一切是不可能的喔～俗話說魚與熊掌不可兼得？既然要追求夢想，就應該要鎖定一個目標，並捨棄其他會造成妨礙的東西才對喔～」

「什、什麼是妨礙的東西……？」

紅葉學姊毫不遲疑地說：

「像是你暗戀日葵的情意啊～？」

「……唔！」

紅葉學姊一副「我全都知道喔」的模樣，繼續說了下去。

「悠悠，你不把日葵交給我，並不是因為她是你的事業夥伴。因為她是你喜歡的女生，所以才不想把她交給我吧～？」

「哪、哪有這種事……」

「你也不用隱瞞喔～五月那時，你都決定要捨棄飾品跟著日葵去東京了對吧～那件事我也聽慎司說了～♪」

紅葉學姊探出身子。

她揪住我的下巴，並往上一抬。

「所以呢？你要選哪一個？」

「選、選一個……？」

「如果悠悠決定要以對日葵的情愫為優先，我就帶你跟日葵一起去東京。到時候也會幫你介紹工作，並確實讓你們可以在一起喔～」

這麼說著，她用食指彈了一下我的鼻頭。

「但你就得捨棄飾品嘍～要是一直留戀這件事，也會妨礙到日葵喔～」

「…………」

見我一臉茫然的樣子，紅葉學姊輕聲笑了出來。

「無法立刻回答是吧～？」

簡直就像早就預料到一樣，紅葉學姊嘆了一口氣。

「無論哪一邊都是半調子。我看你們只是沉醉於『青春的家家酒』而已，並沒有認真要追逐夢想吧～？」

這麼說著，她言及我們這段關係的核心。

「『永不分離』什麼的，太自我中心了啦～竟然要為了悠悠的自私自利而浪費日葵的才能，這樣能說是真正的友情嗎～？」

「…………」

我什麼話都說不出口。

真正的友情？

把日葵送出去才叫作真正的友情嗎？

我緊咬下唇。我不認為紅葉學姊所說的理論是正確的。但是……不知為何，我卻也說不出任何反駁的話語。

……這確實是一次機會。

而且不會再有這樣的機會了。只要有紅葉學姊的幫忙，我一畢業就能立刻開店。那也是我們所冀望的事情。

何況為了日葵著想，紅葉學姊所言或許也沒有錯。

『我自己一個人什麼事都辦不到啊～』

從國中那時開始，日葵總是將這句話掛在嘴上。

她都說自己終究只是長得可愛而已。一個人什麼事也辦不到。正因為如此，透過協助我販售飾品，才會感受到自己的意義。

但是，如果並非如此呢？

如果日葵自己一個人，就能擁有比起協助我開店還要更大的成就呢？如果為她這樣的前途送上祝福，就是報答日葵至今對我的恩惠的方法——

「別再說了！」

突然間，有人伴隨一道大聲的呼喊闖入客廳。

是誰？

不，這種事想也知道。

當我面臨危機時，會來拯救的總是——

（日葵……！）

——不對，站在眼前的是面帶燦爛笑容的黑髮帥哥。

「紅葉。我不准妳碰悠宇一根寒毛！」

是雲雀哥。

他身穿筆挺的西裝，都已經過了傍晚時分卻還是連一點皺褶也沒有。雲雀哥一看見我，就露出一口閃現光芒的潔白牙齒……咦？剛才真的有發亮吧？這是什麼原理啊？

雲雀哥抱住我的肩膀，像是要保護我似的介入我跟紅葉學姊之間。

「悠宇。既然我趕來了，你就儘管放心吧！」

「不是，你為什麼會跑過來啊？雲雀哥，你不用工作嗎？」

「呵呵！我一接到日葵的電話就飛奔過來啦！放心吧。雖然有場還滿重要的會議，但我把那件事情完全丟給後輩去處理了！」

「完全無法放心……」

上次雲雀補習班那時，我就覺得他的後輩實在超可憐。

但是，我四處都沒見到日葵的身影……

「啊，日葵跟凜音正搭計程車要過來。畢竟現在一分一秒都很寶貴，我沒空去接她們！」

「這、這樣啊……」

當我感到有些打擊的時候，雲雀哥就直指著紅葉學姊說：

「紅葉！妳似乎在對我的悠宇找麻煩呢！」

「呵呵呵！怎麼會說是在找他麻煩呢～我只是站在對等的立場找他談生意而已喔～」

「哼！單方面把自己的想法強行加諸在對方身上，算是哪門子生意？妳從以前就是這樣。真正的談生意，是站在追求雙方理想的基礎上而成立。更重要的是……」

雲雀哥拿起那只手提箱，使勁地推回紅葉學姊身上。

「妳以悠宇為目標可說是失算了呢。只要有我在，悠宇跟日葵之間的友情就不會出現破綻。」

「…………」

紅葉學姊的表情變得相當凶狠。

她身後湧上一陣平靜的怒火。當她緩緩撩起頭髮，用銳利的眼神瞪向雲雀哥之後——又再次回到那種人偶般的笑容，好像剛才那副模樣是一場幻覺似的。

淺淺嘆了一口氣之後，她緩緩拿出手機。

出現在螢幕上的是……一段影片嗎？

由於沒有開聲音，隔著一段距離的我也看不太清楚。不過隱約看得出來，感覺好像是有誰在跳舞的影片……

「『狗狗』總是只有氣勢特別囂張呢～♪」

「……唔！」

那個瞬間，雲雀哥的表情立刻變了。

他突然渾身顫抖了起來，鐵青的臉上也開始噴出冷汗。接著，他就這麼顫抖著屈膝跪地，感覺極為懊悔地用拳頭捶向地板。

「雲雀哥？」

「悠、悠悠、悠宇。抱、抱歉，我我、我可能已經不行了……」

「這麼嚴重？你到底是怎麼了啊！」

贏得勝利的紅葉學姊得意洋洋地宣告：

「呵呵呵！你如果不想讓這段高中時代超級黑歷史的影片流傳到網路之海，就乖乖聽話不要輕舉妄動嘍～？」

「住、住手！那跟這件事沒有關係吧！」

「雲雀，你也跟這次我想挖角沒有關係吧～？」

「是、是沒錯啦……！」

不，對象可是你的親妹妹，應該大有關係才是。

更不用說，比起我這個外人還更有關係吧？我之前就在想了，雲雀哥該不會其實沒有把日葵視為家人啊？

「欸，咲姊。那是什麼影片啊？」

「……哎呀，前任男女朋友之間，總是會有很多不能觸碰的過去嘛。」

結果不過是情侶吵架。

雲雀哥絲毫不在乎我們冷漠的視線，他依然維持著煞有其事的態度，擦去那張帥氣臉蛋上的

汗水。

就像進入戰鬥模式般，他脫去了西裝外套。

「既然如此，我就只好憑藉蠻力了。看我搶走妳的手機！」

「我就知道你會來這招～」

這個瞬間，紅葉學姊將手機塞進自己的乳溝之間。她像要誇耀其存在感一般挺起胸膛，並揚起一抹壞笑。

「雲雀立下不與三次元女性交合的這番誓言～應該無法對女生做出色色的事情吧～？」

哇啊，毫不留情……

就連雲雀哥也難掩動搖的情緒。這恐怕是這個人唯一的弱點吧。雖然我總覺得他的弱點竟然是這方面的事情也很奇怪就是了……不，還是別再深思了。一定有著我這種小人物無法理解的境地。一定是這樣。

「……悠宇。你知道《神劍闖江湖》這部漫畫嗎？」

「嗯，我知道。真人版電影的武打動作拍得很精彩對吧。」

「我在原作當中最喜歡的橋段，是當緋村劍心為了保護刀匠的兒子而打破『不殺』的誓言。為了保護一個小小的生命而做出投身修羅之道的覺悟……這對當時還是個小學生的我帶來很大的震撼。」

接著，當雲雀哥回過頭來時——他的表情已經化作修羅。

「現在，我也將為了悠宇墮為修羅……！」

「你那是要將手伸進女性胸口的宣言對吧？要是被告上法院你絕對沒有勝算，拜託你快住手……」

面對留著血淚步步逼近的雲雀哥，紅葉學姊也不禁步步後退。被人那樣氣勢騰騰地進逼，不感到退避三舍才奇怪就是了。

「既、既然如此……」

紅葉學姊將手機從胸前抽了出來，並朝著咲姊丟過去。

「咲良，妳幫我保護好這個～☆」

「我才不要。你們不要把我捲進去。」

啊！

紅葉學姊拋過來的手機，被咲姊一手拍掉了！

當手機落入沙發後方的瞬間，雲雀哥就使出疾風般的動作衝了過去。看來他大學時代在橄欖球隊中，被戒慎恐懼地稱為「牙狼」的反射神經及壓制能力依然健在！

接著，雲雀哥高舉起搶到的手機，帥氣地做出勝利宣言。

「紅葉，這下子妳壓箱底的王牌也沒了。」

這讓我完全看到手機畫面播放出雲雀哥不得了的過去，但現在就當作沒看到好了。雖然那讓我非常在意，但看得太仔細感覺也不太好。

然而，事情並沒有因此落幕。

紅葉學姊嘲笑起沉浸在勝利餘韻之中的雲雀哥。她雙手的指間夾著無數支手機裝置。順帶一提，每一支都播放著同樣的影片。

「不好意思喔～我因為工作關係，身上有著二十支手機呢～☆」

「竟然欺騙我！」

雲雀哥再次跪地悲慟地大哭起來。

「咲姊，雲雀哥是會這麼配合胡鬧的類型嗎……？」

「高中那時候，他其實都還滿配合的呢。像這樣重拾童心也是好事一樁吧？」

我傻眼地愣在原地時，咲姊加大電視的音量並嘆了一口氣。

「應該說，你們兩個啊。既然感情這麼好，乾脆坦率一點重修舊好吧？」

聞言，雲雀哥跟紅葉學姊同時反駁。

「最好是有這種事啦！」

「沒這回事好嗎～☆」

「不過，紅葉如果願意悔改自己過去的所作所為，並來拜託我復合的話，我也不是不能考慮一下。」

「呵呵呵。如果雲雀願意對我奉上家中所有財產，並答應一輩子服從於我的話，我也不會糟蹋他的一番心意呢～♪」

咲姊說著：「是喔……」便關上電視。在化為一片寂靜的客廳當中，無奈地喝著麥茶。

「總之，我知道無論你們再怎麼談都不會有進展了。你們兩個也該長大了吧。」

「不不不。我可不想被咲良教訓這種事情。妳才是跟高中那時的『他』……咕欸！」

咲姊一招強烈攻擊襲向雲雀哥的側腹！他就這麼摔到沙發後方，在發出呻吟的同時一顫一顫地痙攣起來。

「剛剛紅葉才提過那件事而已。第二次我可不會輕饒。」

「有、有夠蠻橫……」

我在心裡想著咲姊好恐怖的時候，她的眼神就緊盯著紅葉學姊。

「紅葉，想想妳至今發生過的事情，我明白妳是將日葵跟過去的自己重疊在一起。因此可以理解就算手段有些強硬，也想『矯正』的那種心情。」

紅葉學姊沉默地聽著她語氣平淡地說出口的話。

她的表情看起來有些難為情……還帶了一點稚氣的樣子。宛如被父母斥責的孩子。

我忽然覺得，那或許是紅葉學姊「表現出自我的神情」。並非基於什麼理由，就只是有這種

感覺罷了。

「但是，我無法認同。至少現在的日葵並不像是過去的妳那樣，有著一個明確的『目標』。以前的妳，應該最討厭被迫加諸對他人來說的正義才是？」

「……………」

咲姊像在教誨般說出的這番話，讓紅葉學姊重重地大嘆一口氣。

「唉。果然不該拜託咲良引薦的～我每次都說不過妳啊～」

這麼說著，她朝我看了過來。

她臉上的表情不再是像剛才面對推心置腹的朋友時那樣了。而是虛假的笑容。紅葉學姊對我露出這樣的神情說道：

「我改變心意了～♪」

「…………？」

改變心意？

紅葉學姊拍了一下手，轉換氣氛之後說：

「我本來打算趕緊簽完合約就要回去的～不過咲良說的話也有一番道理呢～☆」

「妳、妳想做什麼……？」

我懷著戒心這麼一問，紅葉學姊便爽朗地笑了。

「呵呵呵。我不會做出什麼過分的事情啦～我只是想說，既然雲雀跟咲良都這麼幫悠悠說話，那就先從這邊開始摧毀好了～如此一來，日葵也沒有理由留在這種鄉下地方了嘛～♪」

紅葉學姊從桌子的另一邊探出身子，那張漂亮的臉蛋朝我進逼而來。她笑咪咪地露出冰冷的微笑。

「悠悠，跟我一決勝負吧～？」

「一決……勝負……？」

紅葉學姊重重地點了點頭。

「暑假這段期間，你『拚盡全力做個飾品』給我看看吧～既然你說跟日葵在一起才能做出更好的飾品，那就用那個作品的品質來證明嘍～就等你做出讓我不禁臣服的精緻飾品了～♡」

「……唔！」

我的心跳重重撼動起來。

這算是某種在這個圈子的專業人士迎面提出的挑戰。這一瞬間，就連日葵的去留都被我拋諸腦後，自身體深處湧上一股浪潮。

「紅葉，妳給我等一下！這應該是我跟妳之間要解決的問題。不該把悠宇捲進來……」

雲雀哥上前阻止。

然而，他卻被紅葉學姊接下來所說的話制止了。

「真的好嗎～？再這樣下去，無論如何我都要把日葵帶走嘍～？」

「妳這是什麼意思？」

「剛才也跟悠悠說了～我為了讓日葵進到我們經紀公司，而代墊了各項準備的費用喔～還是個高中生的日葵，有辦法支付這筆負債嗎～？」

「什……！」

雲雀哥不禁語塞。

紅葉學姊樂得看見他這樣的反應，便轉守為攻。

「就算沒有正式簽訂合約，事前也有透過電子郵件聯絡各方面的條件了呢～現在這個年代，光是靠這樣往來的紀錄就能打贏官司的案例也不少見喔～何況我們經紀公司的顧問律師相當優秀，會有什麼樣的結果顯而易見吧～？」

她輕輕拍了拍雲雀哥的肩膀，並仰著頭窺探他的表情。她臉上揚起感覺非常開心的笑容，更進一步展開追擊。

「不管怎麼說，這都是日葵自作主張的行為所造成的結果嘛～？日葵在國中那場校慶時，有答應過『不借助家裡的力量，要靠自己成就事業』對吧～？這時要是出錢協助她，應該就有違你的教育方針嘍～？沒錯吧～？」

「…………」

咲姊嘆了一口氣。

「紅葉，我剛才就很在意妳用『總之先對等商量』這樣的說法了。要是我們家的蠢弟弟拒絕提供協助，妳就會拿那筆負債為盾牌，逼人就範對吧……」

「沒錯～我啊，就是不想把錢花在沒意義的東西上呢～所以就盡可能利用嘍～」

……這個人一副這麼可愛的模樣，手段未免太過辛辣了。

就連雲雀哥也是懊悔地咬緊牙根。他的拳頭都緊握到滲出血來了。

「紅葉，妳還真厲害啊。對於我會感到厭惡的手段瞭若指掌……」

「這是當然呀～雲雀，是你太不了解我這個前女友嘍～♪」

這時，紅葉學姊再次朝我看了過來。

「能夠幫助日葵的人，就只有命運共同體（摯友）的悠悠而已。你只要這麼想，應該就能提起幹勁了吧～？如何呢～？」

「…………」

她這句話，確實給我們帶來一道曙光。

但是，在她雙眼中的意志勝於雄辯。

紅葉學姊在在彰顯著自己有著壓倒性強大的力量。可以看得出她像是在看戲一般，觀望著我們攀著這一絲希望。

（……她一臉絕對不會讓我獲勝的樣子。）

不知為何，這讓我更是「幹勁十足」。

仔細想想，我一直以來都是活在周遭的鼓勵之下。我對自己做的飾品有信心。日葵、榎本同學，還有雲雀哥也都誇讚不已。

但那真的可以說是我純粹的價值嗎？唯有這個疑問，一直盤踞在我的心裡。

之前，咲姊就有說過了。

我的飾品很少有回頭客。上個月也被學校的學生給破壞，還收到許多退貨。

如果想要以獨當一面的創作者自稱，不正是要先獲得那些不認識我的人們的認同嗎？

我的飾品……真的有足以讓日葵奉獻她人生的價值嗎？

我認為，現在就是得以確認這一點的時機。

「我要是贏了，妳就會將日葵的負債一筆勾銷嗎？」

我注視著紅葉學姊，提出追加條件。

聽見這個我以為會被立刻拒絕的提議，紅葉學姊只在轉瞬間露出驚訝的神情。接著她就開心地目光都亮了起來，笑咪咪地用冰冷的笑容說：

「你的眼神都不一樣了呢～？我本來想說你看起來真不可靠，沒想到當公主遇到危機時，你還是會挺身而出啊～？真的很有男子氣概呢～♪」

「一天到晚聽日葵說這種玩笑話，我都已經習慣了。所以說，妳會答應嗎？」

紅葉學姊輕笑了一聲。

她拍了一下手之後，便高聲宣示：

「當然好啊～要是我輸了，不但負債一筆勾銷，我也會放棄挖角日葵～但如果我贏了，你就得協助我挖角日葵喔～？」

「好的。那就請多指教。」

我朝雲雀哥看了一眼，他只是沉默地點了點頭。咲姊則是說著「真是的」，便將PORIPPY的包裝袋倒過來，將剩下的零食全都倒進嘴裡。

紅葉學姊一副雀躍不已的感覺，拉過擺在客廳角落的一只大行李箱。

「主題是『夏日回憶』。期限是到盂蘭盆節假期結束為止。那陣子我剛好有安排休假，所以會再過來一趟喔～今天就在那個『囉嗦的小傢伙』來之前先閃人嘍～♪」

這麼說著，她就趾高氣昂地離開了。

在那五分鐘後，日葵跟榎本同學便抵達我家。

# II

## 「我只看著你」

日葵抵達我家，在聽完整件事情的原委之後揚聲驚呼。

「咦！什麼意思，一決勝負是怎樣？」

「呃，這個嘛，應該說順勢就變成這樣……」

紅葉學姊已經離開了。

跟日葵一起來的榎本同學，咬牙切齒地拍桌說道：

「……竟然逃走了。我才想說這次絕對要把她拖到媽媽面前。」

「榎本同學討厭姊姊的程度也太激進……」

這時，日葵看向雲雀哥。

「再說了，整件事情聽下來，絕對是哥哥害的吧！」

雲雀哥本人正悠哉地在跟咲姊喝茶。看起來有夠自在。雖然聽說過他跟咲姊是朋友，但這是不是兩人第一次像這樣湊在一起啊？

「關於這點我不會找藉口。但是，日葵啊。無論如何，還是需要一個能夠讓紅葉放棄妳的理由。」

「不不不。反正只要我堅持不去東京就好了吧。沒必要這樣去挑釁她……」

「難道妳有辦法現在立刻還清黃金週那時搞出來的負債嗎？」

「唔……但那哥哥不是可以……」

「這是妳個人的負債。跟犬塚家一點關係也沒有。」

「你這個惡鬼～！惡魔～！」

日葵試著求助，但這件事也無可奈何。就算想從我們「you」的活動資金拿錢出來，應該也遠遠不足。

「咲姊，紅葉學姊是個怎樣的人啊？總覺得她把人當『東西』一樣利用，讓我有點無法理解……」

「嗯～？不，她也沒那麼難懂。說穿了，就是個機器人啦。」

「機器人？」

「凡事以目標為優先。她是為了實現自己開一間經紀公司的夢想，可以將其他人事物都當成棋子看待的那種人。」

「自己的經紀公司……」

「沒錯，就跟你一樣。但我勸你別想跟紅葉當朋友比較好。她跟你的電波完全相反。」

咲姊打開了上頭寫著巧克力之木的點心包裝。那是從羽田機場的塑膠袋中拿出來的，應該是紅葉學姊的伴手禮吧。

「電波跟我完全相反？」

雖然聽不太懂這句話的意思，但日葵跟榎本同學都說著：「喔……」好像可以理解這個形容。

咲姊吃著紅葉學姊留下來的酥脆牛奶起司巧克力，向我做了更淺顯易懂的說明。

「你是為了『對自己好的人』而努力的對吧？簡單來說，就是你作品的粉絲之類的，還有日葵他們這些支持你夢想的人。」

「通常不都是這樣嗎？」

「但紅葉是相反的。她是為了讓那些瞧不起自己的人刮目相看而努力的類型。也可以說是『絕對撲殺黑粉主義』吧。她是執著於那些不認同自己做法的那類人，唯有擊敗對方才能感受到自己成功的真實感。」

「那是什麼想法啊，有夠不健全……」

「但這種個性的人確實存在啊。而且要是會往正確的方向努力的人抱持這種負面情感，就會產生相當驚人的破壞力。實際上紅葉也成功了，沒辦法否定她這樣的做法吧。」

在場的其他人都一臉悲痛的樣子保持沉默。看來他們也都同意剛才這番說明……紅葉學姊買的牛奶起司巧克力好好吃。

「正因為如此，她才會覺得你的做法『一點衝勁也沒有』。雖然這也沒有誰對誰錯，但畢竟攸關日葵的人生，就更是輕忽不得。」

「她為什麼會這麼執著於日葵？」

「可見她就是這麼器重日葵的才能吧。或者『感覺就像看見過去的自己』，才無法置之不理……」

咲姊話中有話地說到一半，就輕呼一聲「哎呀」並閉上嘴。

「無論如何，除非你贏得勝利，否則她是不會放棄日葵的。她可是個很會記恨的人。」

「……那要是日葵逃走的話呢？」

「她大概一輩子都會視你們為眼中釘吧。紅葉應該不會做些偏離正軌的事情啦……但可能會在市內開一間同樣是販售花卉飾品的店，用資金的力量迎面摧毀的感覺？你們根本招架不住。」

咲姊雖然咯咯笑著這麼說……但說真的，我完全笑不出來。

這時我們的視線很自然地集中在日葵身上。

「日葵……妳都知道對方是這種人物了，她來挖角妳時竟然還做出那種欺騙行為嗎？」

「當時如果知道那是紅葉學姊的經紀公司，我一開始就會拒絕了好嗎！」

日葵鬧彆扭般含糊說著：「而且都是那時悠宇說了『那種話』，我才會一時惱怒……」

聽她這樣講，我的立場也很薄弱。之所以會引發這樣的狀況，我多少也該負責……說真的，這完全是我們命運共同體（摯友）的關係呈現出了適得其反的結果呢。

「不過呢，某方面對你們來說也滿幸運的吧？要是雲雀沒有出面，你們就連這個機會也沒有。看來就算是吵架分手的前男友，偶爾也是幫得上忙呢。」

「咲良，拜託妳別再說了……」

雲雀哥覺得很尷尬地撇過頭去。咲姊則是樂得戳起他的臉頰。

只是這麼一個小動作，就讓我實際體認到咲姊跟雲雀哥真的是朋友。在我不知道的地方，這兩個人……或者說加上紅葉學姊的三個人之間，確實有著一份情誼。

雲雀哥輕咳了兩聲。

「總之，紅葉因為日葵的背叛而怒不可遏是事實。就算沒有簽下正式合約，一度答應對方又隨心所欲地反悔，身為人來說是種可恥的行為。可以說是畜生不如。現在日葵的價值，大概就跟過街老鼠差不多吧。」

「咦，哥哥這樣說太過分了吧？再怎樣也不至於是過街老鼠啊？我好歹是個美少女喔？」

「啾啾叫地吵死了。閉嘴窩去角落待著吧。」

「哥哥，你其實是因為今天害你臨時蹺掉會議而在生氣吧！」

日葵淚眼汪汪地窩在客廳角落「啾啾啾」地開始鬧起脾氣。

我們家的貓——大福用尾巴輕拍著背安慰她。榎本同學則是心生渴望地看著這一幕……妳們真是有夠自由。

「但說真的，我不覺得會贏耶……」

我坦率地這麼說完，雲雀哥就力道強勁地拍了拍我的肩膀。

「悠宇，你別擔心。就算這次敗北，只要把日葵交給她，你跟我一起經營飾品店就好了。」

「我明白在另一層意義來說，這是一場絕對不能輸的戰鬥了。」

結果榎本同學抖了一下做出反應。

她雙手握拳，相當起勁地大喊：

「也還有我在，沒問題的！」

「榎本同學，妳已經以沒有日葵為前提在設想了……」

還有日葵小姐，拜託妳不要一邊瞪著我憤憤地說著：「你這個負心漢……」然後一邊拔大福尾巴上的毛好嗎……

「總之呢，悠宇，你只要跟平常一樣做出最棒的飾品就好了。」

「但這樣的決勝條件，紅葉學姊絕對是沒打算讓我贏吧……？」

雲雀哥「呵」地一聲揚起微笑，並拍了拍我的肩膀。

「別擔心。你有辦法顛覆這個局面。畢竟我就是迷上你做的飾品，才會像這樣協助你啊。」

「…………」

……是啊。本來就沒有時間後悔了。

無論如何，我要是贏不了，日葵就會被她帶走。就連上次我說出不再做飾品這種話的時候，日葵都說會相信我並等下去……也算是作為回報，這次輪到我來幫助日葵了。畢竟我們是命運共同體（摯友）嘛。

這麼一想，我無意間跟咲姊對上了視線。她感覺感慨良多地嘆了一口氣，簡短地對我說：

「蠢弟弟。『你可要盡全力去做喔』。」

「……？唔、嗯。我知道啦。」

說真的，我完全看不清她那副表情代表什麼意義。

♣ ♣ ♣

隔天。早上的結業式結束之後，就正式進入暑假。在班會結束的同時，日葵露出一臉雀躍不已的笑容站起身來。

「那麼，悠宇。我們一起去尋找夏日回憶吧！」

哇啊——

這是怎樣，感覺超青春的。就連我都覺得有點難為情了。真希望她至少不要在教室裡說這種話。

「日葵，妳看起來還真開心……」

「畢竟是暑假嘛。當然會很開心啊～♪」

「不不不。妳可是被紅葉學姊盯上了耶？」

「只要悠宇獲勝就沒問題！而且就算事有萬一，我也有準備好祕技啦～」

「祕技？有那種東西嗎？」

日葵冷笑一聲，一臉得意洋洋地說：

「我只要一進入經紀公司，立刻離職就好了！」

「妳啊，就是若無其事說這種話才會被罵喔……」

說穿了，她就是像這樣油嘴滑舌，才會演變成這次的事情吧。看來我得向雲雀哥報告這件事才行……

我們走出教室之後，就一起步下樓梯。

「再說了，那樣的話，演變成高中輟學的狀況不會改變吧。不會各方面都很麻煩嗎？」

「完全ＯＫ吧～？因為，悠宇會養我一輩子對吧～？」

「……這是一起經營飾品店的意思吧。妳這種說法很容易讓人誤會，別這樣好嗎？」

「誤會？為什麼？」

「不是啊，就是講得像要……結、結婚一樣……」

忽然間，日葵停下腳步。

我多往下走了幾階。從這裡回頭看過去，就得抬頭看著日葵的臉。

日葵的表情感覺跟平常的氛圍不太一樣……這讓我有點怦然心動。

「但我可不記得自己有說過……我並不是那個意思喔？」

「咦……」

日葵雙手遮著嘴邊，害臊地這麼說：

「你只看著我，對吧？」

「…………」

那雙藏青色的眼睛蕩漾著不安的心情。

想必是受到紅葉學姊的影響了吧。無論日葵表現得再怎麼若無其事，應該也不可能完全沒有感到不安才對。儘管日葵乍看之下好像很無敵……但我知道，她也是個普通的女生。

「日、日葵，跟紅葉學姊的那場決鬥，我絕對會……嗯嗯？」

正當我超正經地要說些老套的話，就看到日葵摀著嘴邊整個人顫抖著。

……啊，糟了。

「噗哈～！好久沒有贏過悠宇一招了～！」

「日葵——————！」

我太大意了！

最近都拜託榎本同學幫忙，害我的直覺變遲鈍了！

日葵一臉開心的樣子，站在上面用指尖按著我的髮旋轉來轉去。

「欸欸。悠宇，你剛才想要說什麼呢？是不是『我一定會從紅葉學姊手中保護妳的（帥）』的感覺呢～？」

「煩死了。真的很煩耶。妳這傢伙，小心我故意輸給妳看。」

「咦～？嘴上是這麼說啦～但悠宇還是最喜歡我嘛～？」

「…………」

真是的。我可不是為了讓妳「噗哈」而存在的機器……哇啊！日葵的身體突然就從樓梯上面朝我這邊靠了過來！

「日葵，危險！」

「是說啊～最近悠宇都這麼冷淡，我很寂寞耶～再多讓我『噗哈』一點嘛～」

「這是哪門子的要求啊。是說，妳快放開我啦，很熱耶。」

「不不不。美少女濕淋淋的汗水在某些圈子來說可是一種褒獎耶？」

「什麼濕淋淋的汗水啦？我覺得妳還是想辦法改掉那種跟大叔差不多程度的語彙能力比較好喔。妳是要以哪個圈子的偶像為目標啊？」

我說得超快地這麼吐槽，但心臟的鼓動其實已經快得不得了。

應該說，已經不行了。極限。日葵貼得這麼近，真的讓我無法呼吸。不好意思，但我實在沒有享受美少女濕淋淋汗水的從容。難不成……這是戀愛嗎？對啦就是戀愛啊該死的。

我不禁伸手甩開她。

「妳夠了，放開我啦！」

「啊唔！」

啊。

我硬是甩開了日葵的手。

在這股超乎想像的力道下，日葵被我推了出去。她的身體失去平衡……就這麼跌下樓梯。

（糟糕……！）

當我感到膽戰心驚的瞬間……日葵一屁股跌在樓梯轉角平台上。

接著，日葵就發出哀嚎。

「好痛喔——！」
「日、日葵……呃，妳沒事吧……？」
日葵惡狠狠地朝我瞪了一眼，並打了一下我的腳。
「討厭！都是因為悠宇亂動，才害我摔下來了啦～」
「啊，那個，呃……抱歉。」
我的心臟因為跟剛才不同的原因跳動不已。
幸好我們剛好就在樓梯轉角平台附近。要是站在更上面的地方……
（……太在意日葵的一舉一動，竟然讓我的注意力這麼不集中嗎？）
我不禁嘆了一口氣。
得小心一點。日葵的溝通方式都很激烈，我要是也做過頭……不對，等等喔？說穿了是日葵自己貼過來的，應該都是她的錯吧？
在我沉吟的時候，上方傳來一聲招呼。
「小悠、小葵。你們在做什麼？」
「啊，榎本同學。」
抬頭一看，只見榎本同學踩著輕盈的腳步走了下來……胸部波動很不得了。
當我不知道該看哪裡才好的時候，站起身的日葵就跑去找她哭訴了。

「嗚嗚～榎榎～我被悠宇推下樓梯耶～妳用胸部安慰我啦～！」

「反正一定是小葵做了無聊的事吧。妳這是自作自受。」

她對日葵充滿信心，堅定不移。

榎本同學宛如剛才目睹一切似的看穿之後，就伸手抓住趁亂把臉埋進胸部的日葵頭部。

她一如往常用鐵爪功消滅日葵的紅塵煩惱，同時朝我看了過來，並用令人眩目的可愛笑容「欸嘿」地笑了一下。

「小悠，我們去尋找夏日回憶吧。」

「要不是被妳的右手抓著的日葵正在哀嚎，感覺就更青春了。」

這畫面真不得了。

硬要說的話，感覺更像是瘋狂的行刑者。榎本同學雖然裝出一副可愛的樣子，但果然是那個紅葉學姊的妹妹呢。

總之，我們決定三個人一起出發，前往盛夏的城鎮。

♣ ♣ ♣

……是說，熱死了。

燦爛地照耀大地的太陽，以及反射回去的柏油路。鄉下地方的國道……熱到不行。

這讓人沒有留下夏日回憶的心思。

因此，我很快就躲到屋簷底下。

從十號線進入小巷弄的地方，有一間私房咖啡廳。

「喫茶家MACCY.」。

這間店有著豪邁地疊了四片會讓人覺得「一片就夠了吧？」這種程度的格子鬆餅的冰品拼盤，而且用銅板價就能吃到了。美味程度不必多言，上頭還毫不吝嗇地淋上格子狀的巧克力醬，看起來也非常上相。

這就是鄉下地方驚人的CP值……要是在都會地區，這樣一盤應該要價一千圓以上吧。

鬆軟的格子鬆餅吸飽了融化的香草冰淇淋。再沾上一點巧克力醬，接著塞滿整張嘴。超級美味。

甜點真是個好東西。不分季節都能滋潤我的心。問題就只在於坐在對面拿起手機，並緊盯著我的榎本同學而已。

「……榎本同學。拍正在吃格子鬆餅的我是很有趣嗎？」

「嗯。到處都是新發現。」

「不，妳還是拍甜點比較好吧？」

「啊，別擔心。要放上Twitter的照片我已經拍好了。」

「我不是這個意思啦……」

本來是想婉轉告訴她「拜託別再拍了」，看來是沒有傳達出去的樣子……啊，她好像竊笑了一下。這是有傳達出去卻被無視的狀況。然而她就連這樣也很可愛，實在太狡猾了。

然後一旁的日葵還笑咪咪地施加壓力，是怎樣啦。

就像在說「哦～哦～竟然不顧甜點&我這個最強最可愛的組合在那邊放閃還真是火熱啊冰淇淋都快融化嘍」的感覺。不，我承認現在的日葵宛如「盛夏格子鬆餅佐草莓果醬」一般，有著法式餐點那樣引以為傲的可愛，但會用甜點來強調自己可愛的女性感覺自尊心就很強，我不太喜歡耶……

換換口味吃下一口格子鬆餅之後，我無意間提出一個疑問。

「說穿了，所謂夏日回憶……是什麼啊？」

「你這樣問我也不知道耶～」

雖然先出了城鎮，但漫無目的地四處走感覺好像也不太對。應該說，會死。能在這種大太陽底下騎著腳踏車在鎮上四處跑的，就只有小學生而已。

榎本同學一邊喝著冰茶問道：

「這次要拿花壇的花來做嗎？」

「不，那些距離開花還要一段時間。我想說這次要不要也去買花，或是去摘自然生長在其他地方的花……」

畢竟這次的主題相當曖昧不清。

第一次跟榎本同學合作的時候是「戀愛」，後來在學校接學生們訂單時，他們也都有著各自明確的目的。然而，這次既是「夏日」又是「回憶」。

是哪個時間點的夏日呢？又是誰的回憶？是廣泛而言嗎？還是要聚焦於個人呢？是要表現出夏日的酷暑嗎？還是像現在的我們這樣，正因為天氣很熱，納涼時更為開心的心情？說穿了，會不會也不必侷限於日本的夏日……？

這確實是個常見的主題，但也因為自由度太高了，反而難以理解。

「……更重要的是，這次最困難的地方就在於無法跟客戶溝通。」

至今為止，基本上每一次製作都會請客戶確認設計。沒能進行這一道程序，其實也滿令我苦惱的。

這個問題本來就沒有正確解答，加上還要看客戶心情的這個條件，於是就變成讓人混亂至極的最終難題。感覺就像咲姊喜歡的《HUNTER × HUNTER 獵人》中會出現的那種……

日葵舔著沾到湯匙上的草莓果醬說：

「這樣看來，比起花，先從情境著手是不是比較好？」

「情境？」

「先狂拍很多夏日風情的照片，之後再搭配上花的感覺？」

「這種方式啊……」

也就是說，是和榎本同學那時相反。

但是，我不太擅長用這種方式耶。我一直到國中之前，都沒什麼跟朋友一起去玩的經驗，因此很不會探索這種普遍概念。

「那我跟榎榎一起想想看有哪些夏日風情的事情吧？」

「咦……感覺小葵絕對只會說出色色的哏。」

「不至於好嗎？我姑且也是個女高中生耶。」

「我覺得這是妳平常的行徑造成的……不然妳就先試著說個點子吧。」

我完全同意榎本同學的說法，因此我也不太想聽就是了。

日葵得到這個挽回名譽的機會，喃喃著「唔嗯——」並陷入沉思。她就像一休和尚那樣想了一陣子之後，便猛地睜大雙眼。

「對了，十號線沿著海路走進去之後，有一大片田地吧？」

「哦～有耶。」

「那裡有個擺了很多自動販賣機的無人組合屋，你們知道嗎？」

「是那個從很久以前感覺就是無人販售處的地方嗎？那裡的風景的確滿有夏日風情啦……」

「傍晚，在結束社團活動的放學路上。『我』跟同為兒時玩伴的妳一起回家。」

「哦哦。突然講起故事了……」

日葵一臉得意的表情，滔滔不絕地繼續說了下去。

「突然間，下起了一場陣雨。我們跑進附近的組合屋裡躲雨。籠罩在昏暗光線中的整片田地被雨幕遮去，我們的身影跟聲音，全都從這個世界上消失了。我們只有彼此，隔著三公分的距離並肩相依。在微弱的自動販賣機燈光照射之下，妳的臉頰染上了一道緋紅呢──」

言情小說喔。

這麼講雖然不太好，但我總覺得日葵果然不太適合創作這方面的事情。這傢伙很擅於消費跟挪用物品之類的，但最不擅長的就是自己做出東西了。像是下廚料理等等，對她來說好像真的難如登天。

我不禁感到洩氣時，榎本同學十分認真地問道：

「然後呢，這兩個人怎麼樣了？」

她「哼哼」地用鼻子發出聲音，氣勢十足地用有些搶話的感覺這麼反問。她是不是其實喜歡這種故事啊？真可愛。

「後來嗎？嗯──……」

日葵那傢伙好像沒有想到那麼遠的樣子。

當我覺得「啊，有種不祥的預感」的瞬間，她突然就拋出震撼的後續。

「看到那濕透的粉紅色內衣，按捺不住的我……」

「夠了，駁回。我看妳還是別再說話了。」

結果還是色色的哏。

看看榎本同學，越是期待打擊就越大。她用叉子戳著格子鬆餅，感覺很消沉地喃喃道：

「我看還是不要以小葵的第一為目標好了……」

「真失禮耶～這樣聽起來簡直就像不想被人認為我們是朋友一樣～」

日葵，她就是這個意思喔……順帶一提，我也完全是相同的心情。甚至都想請她把鵝掌草的戒指還來了。

日葵氣噗噗地說著：「所以說你們這些青澀的傢伙就是這樣～」隨後問道：

「不然榎榎又是怎樣？」

「咦？我嗎？」

「妳從小就很喜歡戀愛漫畫之類的，感覺就很講究夏日的酸甜回憶。」

「我是沒有特別講究什麼細節啦……」

這時，我無意間跟榎本同學對上了眼。不知為何，她滿臉通紅的樣子，一邊撇開視線又含糊

不清地說：

「如果是跟小悠，我在哪裡都可以喔……？」

「欸，現在是在聊理想中初體驗的話題嗎？拜託饒了我吧……」

明明談的是夏日回憶。她要是平常就這樣陪著日葵講黃色笑話，我真的會吐血。還有日葵，能不能拜託妳不要伸手掩住嘴邊說著：「哇啊～榎榎好大膽～♡」用這種話來煽動她嗎？之後感覺會很尷尬耶。

「總之，先不要設想那麼多，從唾手可得的地方著手好了……」

我將剩下的格子鬆餅吃完了。真的很好吃。雖然很好吃，但由於沒有吃午餐，讓我覺得有點空虛。

話雖如此，現在要是再加點，感覺又會吃不完。

「啊，悠宇。這邊的給你～」

一旁的日葵將自己的那份拼盤遞了過來。

剛好還剩下一半。與其說是吃剩的，感覺更像是一開始就分好的樣子。

「日葵，妳不吃嗎？」

「也不是啦～只是今天沒有吃午餐，我想說悠宇應該會吃不太夠吧～我是覺得太多了，你拿去吃也沒關係喔～」

……嗯——

總覺得有點那個。就算是摯友，還是有種被餵食的感覺，讓我有些難為情。但她既然都這麼說了，我也會心懷感激地吃掉就是了。

就在這個時候，榎本同學的舉止不知為何有些可疑。

「我、我的也可以給你吃！」

「沒想到榎本同學會在這時介入……」

為什麼會變成這樣？我看起來有那麼想吃嗎？

當我感到困惑不已時，日葵「呵」地露出從容的笑，挑釁榎本同學。

「哦哦～榎榎，很行嘛。」

「……小葵。我不會輸給妳的。」

等等、等等等。

不要把我晾在一旁，擅自變成一本正經的發展好嗎？說穿了，我連這兩人是在較勁什麼都搞不太清楚。

這時，日葵採取了行動。

「來，悠宇。啊～♡」

「…………」

咕哇啊……！

沒必要特地「啊～」吧？而且還在為了方便進食而仔細地切成一口大小的格子鬆餅上，漂亮地擺了同樣分成一小份的冰淇淋跟草莓果醬。我看妳是在吃拉麵時，會在湯匙上擺出一口迷你拉麵的那種類型吧！

「嗯呵呵～有個像我這樣的美少女在餵你，悠宇真是幸運兒耶～來嘛來嘛，來強調一下我們有多要好啊～♪」

「是要秀給誰看啊？而且這麼做又有什麼好處了？」

「天曉得呢～？」

我朝榎本同學瞥了一眼。

結果生著悶氣的榎本同學連忙用叉子叉起格子鬆餅！

「小悠，也來吃我這邊的！」

「唔……！」

榎本同學理所當然地跟日葵較勁起來。

她豪邁地叉起一塊格子鬆餅遞了過來。榎本同學，妳這樣的美學品味真的可以嗎？我記得妳是蛋糕店的繼承人吧？而且妳剛才用叉子一直戳，讓那塊格子鬆餅上面到處都是一個洞一個洞的耶……

「來吧，悠宇♡」

「小悠！」

兩張漂亮的臉蛋都拚命地朝我靠了過來。我不禁往後退去，椅子還發出喀咚的聲音。躲雨的傍晚，看著她的粉紅色內衣而按捺不住的我……呃，我不能被傳染了啊。

只有壓迫感十分強烈地傳了過來。

我也知道她們應該是在較勁我會先吃誰的吧。

不，無論如何，被女生這樣餵食還是很難為情耶。我還是自己吃……啊，不行是吧。我光是眼神一個游移就被察覺，並惡狠狠地朝我瞪了過來。

（……冷靜想想，其實只要吃日葵的就好了。）

反正我們是摯友嘛。之前也都很自然地分食東西吃啊？

但是，該怎麼說呢？以我現在的心理狀態來說，總覺得那樣會很不得了。具體來講可能會緊張過頭而做出可疑（顯得噁心）的舉動。

哎喲，隨便啦！

「……啊唔！」

「啊！悠宇！」

我吃了榎本同學的格子鬆餅。

憑著一股氣勢，我全都吃光了。吞下肚之後，我試著對她豎起拇指。然後，牙齒果然沒能像雲雀哥那樣閃現光芒。

「榎本同學。多謝招待！」

「不、不會。我才要謝謝你……」

榎本同學感覺超害羞地窩進椅子裡。什麼叫才要謝謝我啊？

不過算了。更重要的是，這樣就能擺脫危機……

「那麼，日葵。妳那邊的我就自己吃……啊啊！」

只見日葵一口接一口地把剩下的格子鬆餅全吃完了。她塞得滿嘴都是，邊吃邊用不開心的表情直直朝我瞪了過來。

「日葵。妳不是要給我吃格子鬆餅嗎？」

「唔哈咿咿呼呼咿啊嘿呼哇呼呼哇。」

「妳說什麼？」

「嗯！……才不要給叛徒吃格子鬆餅。」

真的假的。我還有點期待她那份的草莓果醬耶……

應該說，日葵到底是在不爽什麼？還不都是妳對我做些多餘的事。我就這麼懷著難以釋懷的心情結完帳了。

♣ ♣ ♣

湛藍的大海！

耀眼的太陽！

還有在浪邊嬉戲的兩個美少女！

「啊哈哈！看招吧，榎榎！」

「小葵，水很冰耶！」

兩人一邊尖叫著朝對方潑水，一邊啪唰啪唰地跑來跑去。踢上半空的水滴在太陽光線的反射下閃閃發亮，十分耀眼。

啪嚓！

我不斷按著手機的快門鍵。這看在另一頭來衝浪的人眼中，不管怎麼想我都像是可疑人士吧？不不不，別迷惘。她們是為了我才到這裡玩耍的。直到靈感湧現之前，我都要心無旁鶩地拍下去。

大致上都拍完之後，我朝兩人揮了揮手。日葵跟榎本同學就一邊踩著浪花回到這邊來。

「嘿～拍得怎麼樣？」

「小葵，妳是認真對我潑水的吧……」

榎本同學不禁顧慮著自己身上的針織衫跟裙子。也是啦，用一般的洗衣方式很難將海水洗乾淨呢。

日葵說著「抱歉抱歉」，並拿了毛巾遞給榎本同學。

「反正明天也不用去學校，就來我家換下來一起拿去乾洗吧？」

「不用啦。要是在小葵家換衣服，又沒有合我尺寸的可以穿……」

日葵抖了一下做出反應。

「嗯呵呵～竟然若無其事地用我的胸圍引戰，榎榎也真厲害呀～♪」

「…………但真的就是這樣嘛。」

日葵露出滿臉笑容，雙手還很不安分地動來動去。

榎本同學一步步往後退去，額頭上還留下一滴冷汗。

「可惡～妳這個罪惡的女人～！」

「等等，小葵！住手啦！」

喂～要是跑太快，會被沙子絆倒喔～

我們為了追求靈感而試著來到附近的沙灘之後，她們的情緒都很高昂。看來夏天的海邊果真可以解放人類本能。

我沒去搭理尖叫喧鬧的兩個女生，確認起剛才拍的那些照片。雖然有幾張拍起來不錯，但該怎麼說呢，總覺得還少了點什麼……

「我覺得拍得滿可愛的呢～」

「唔喔！」

日葵突然靠過來看我的手機，害我嚇了一跳。一旦對這個美少女產生好感，不管她做了什麼都會讓我怦然心動，對心臟實在很不好。

榎本同學也看著照片說「還不錯啊」就是了……

「嗯──雖然是很有夏日的感覺啦……」

「回憶呢？」

「感覺好像寶礦力的廣告。」

就是說啊。

那的確也滿不錯的，但感覺就不適合這次的主題。而且也不太適合紅葉學姊這位客戶。那個人給人的印象就像鮮紅色的唇膏以及加了亮粉的粉底……或是連人稱牙狼的雲雀哥都不敢吭聲的最古老之龍。

「跟紅葉學姊約定好的時間是到盂蘭盆節假期結束……距離期限還有三個星期是吧？」

這次並沒有要大量生產，因此可以專注於構思設計，但時間允許的話我想多做幾種款式。畢竟這賭上了我們的未來，不能交出普通的成品。想到這裡，開心的暑假感覺就離我越來越遠了。

走出沙灘之後，我們在防風林中朝著國道的方向走去。

一路上我們也聊了很多，卻都沒有想出特別滿意的點子。

「嗯～盂蘭盆節假期那段期間我不在這裡～真希望在那之前可以明確做出決定呢～」

榎本同學費解地歪過了頭。

「咦？小葵，你盂蘭盆節假期要去哪裡嗎？」

「日葵到了這個時期，都會去她爸爸那邊的老家打招呼。」

說完之後，日葵就用食指戳了一下我的額頭。

「我不在的時候，你可不能外遇喔♪」

「什麼外遇……」

「不過呢，我會去跟那邊的女生們玩樂就是了～」

「這種約定一點也不公平……」

呃，反正只要日葵不在這邊，我也不會跟別人出去玩，是沒差啦。

無意間，我感受到背後有道視線而回頭一看。只見榎本同學一副「也就是說，這是我可以跟小悠兩人單獨約會的大好時機！」的感覺，朝我看過來的眼睛都亮了起來。

「……我得專注地做飾品才行。」

「嘖！」

榎本同學是嘖了一聲嗎？等等，確實嘖了一聲對吧？

自從上次坦言自己的想法之後，榎本同學就沒打算隱瞞自己性格陰暗的那部分，每次都會害我心跳加速……當然，這不是因為戀愛情愫而產生的反應。

一走出防風林就有間LAWSON。日葵跟榎本同學喊著：「我要買芒果冰沙～！」「我要巧克力口味的！」一路跑了過去。

我也去買些東西好了。剛才吃了甜點，現在就買個很有飽足感的L炸雞排……而且吹了海風之後，總覺得喉嚨也很乾。

這時，我跟一群從LAWSON走出來的小學生擦肩而過。他們手上都拿著冰棒跟果汁之類的東西，高聲喧鬧不已。

真不愧是小學生。這樣的大熱天還能精神飽滿地在外面……啊，大家都拿著Switch。看樣子可能是接下來要去其中一個人的家裡狂打電動吧。

目送那些孩子之後，我也進到LAWSON裡面。冷氣萬歲。文明萬歲。

「……嗯嗯？」

我不禁回頭看向剛才拿著Switch的那些孩子們。

接著一個人陷入沉思。

「你什麼都不買嗎？」

「啊，日葵。妳買東西有夠快……」

「不是啦～我從剛才就一直很想喝東西啊。畢竟天氣這麼熱，總不能帶著Yoghurppe到處跑嘛～」

她這麼說著，就用吸管將冷凍芒果攪拌進冰沙裡。弄好之後立刻就是一陣猛吸……啊，因為太冰而頭痛。那個大家閨秀究竟是跑去哪裡了。

「悠宇。你怎麼從剛才開始就一臉若有所思的樣子啊？」

「啊。就是啊，我看到那些小朋友的Switch回想起一件事情……」

日葵感到費解地稍微歪過了頭。

對此，我也說出剛才靈光一閃想到的點子。

♣ ♣ ♣

隔天。

我們三個人在過了中午之後，造訪了某個地方。

走過商店街後巷，來到住宅區的角落，這裡有間獨棟的一層樓平房。土牆圍繞著四周，入口

處放了一塊寫著「新木插花教室」的小小看板。旁邊用黑色麥克筆備註了「預約制」，卻四處都沒有寫下最重要的聯絡電話。

榎本同學一邊張望一邊問道：

「這裡就是小悠以前上課的地方嗎？」

「對啊。雖然升上高中之後我就沒來了……」

狹小的庭院當中，陳列著配色穩重的盆栽。雖然並非繽紛豔麗，但每一個都能感受得出高雅的美感。如此協調的庭院讓每個經過家門前的人，心靈都能得到療癒。

從這樣的庭院中，傳出孩子們喧鬧的聲音。

我跟兩人一起走過入口的大門，並按下玄關的門鈴。家中響起叮咚的門鈴聲，然而屋主的聲音是從庭院那邊傳過來的。

「我在這邊～請進～」

我們從玄關進到庭院裡。

屋簷底下，有個正在跟住在附近的小學生們很投入地玩著寶可夢的妙齡女性。

她將一頭黑髮梳到後方綁成一束，並戴著一副黑框眼鏡。上身則穿著寬鬆的細肩帶上衣，並搭配一件緊身牛仔褲。

她是這間插花教室的老師，名叫新木由美。我都稱她為新木老師。

一看見我們，她就露出一道爽朗的微笑。

「哦，夏目同學。等我一下喔。」

這麼說了之後，她的視線又回到Switch的畫面上。

小學生們在跟她對戰的那個男生身後喧鬧著送上聲援。新木老師阻斷對方去路，雙眼閃現了一道光芒。

「接招吧，必殺技——潛靈奇襲！」

「哇啊，用謎擬Q太狡猾了啦，老師～！」

也太沒有大人的風範……

看著拿出真本事把小學生打得落花流水的三十幾歲女性，我不禁感到有些難為情。新木老師沉浸在勝利的餘韻之中，並拿出兩張千圓鈔塞給小學生們。

「你們去對面的超市買冰吃吧。」

小學生們高聲發出歡呼並離開了。

新木老師朝這邊看了過來，並端詳著我們幾個人。

「犬塚妹妹也好久不見……哎呀，又多了一個可愛的女生呢。」

「我、我叫榎本凜音。妳好！」

「啊哈哈。別這麼緊張嘛。我是新木。在經營一間退流行的插花教室。」

之前都是來這間退流行的插花教室上課的人，就近在眼前呢……

當我不知道該做何反應的時候，新木老師脫下涼鞋，招待我們進去。

「讓你們久等了。從這邊進來吧。」

我跟日葵她們一起脫了鞋子，進到屋內。

這裡是五坪以上的寬廣和室……也是平常插花教室授課的地方。

在這邊等了一下之後，新木老師就從廚房回來了。她手中的托盤上放著麥茶，以及我們當作伴手禮帶來的點心。一起接過來之後，我對老師說：

「看來老師很沉迷寶可夢呢。」

「哎呀～自從你來我這邊上課那時開始玩了之後，這就完全變成我的興趣了。」

「但跟小學生對戰的時候，還考慮到對戰環境之類的拿出了真本事，是不是不太好啊？」

「世上就是弱肉強食呀。那些孩子們總有一天也會明白這個道理。」

真的很沒有大人的風範……

話雖如此，現在確實已經很少有以小學生的角度陪他們一起玩的大人了。我還在這邊上課的時候，老師也對我很好。

「話說回來，你也終於到了除了犬塚妹妹之外，還帶上情婦的年紀了啊。」

「新木老師，請注意妳的說法。拜託不要那樣講好嗎？」

「啊哈哈。犬塚妹妹，最近妳『老公』的狀況怎麼樣啊？」

新木老師這麼一問，日葵就喝著麥茶聳了聳肩。

「一樣是個花卉笨蛋呢～」

「還是老樣子啊。」

「真希望比起花，他能更加把勁討我歡心～」

「這很重要呢。」

她們兩人一起快活地笑了起來。新木老師說著：「聽到沒？」並朝我看過來。

我不禁乾咳兩聲，蒙混過這個話題。這個人自從日葵第一次來看展覽之後，就一直開玩笑地說我是「老公」。

「比起這個，今天突然拜訪真是不好意思。」

「反正今天也沒有人預約課程，沒關係啦。已經一年沒見了吧？怎麼了嗎？」

「因為有點事，我想問問能不能在這裡看看其他人的作品……」

「哦哦。你會想看其他人的作品還真難得耶。我看你是苦於擠不出靈感吧？」

「大概就是那樣……」

新木老師站起身來，並朝著走廊走去。

「夏季展覽是下個月才要舉辦，所以現在只有之前作品的照片而已。這樣也可以嗎？」

「啊，好的。當然沒問題。」

新木老師走出房間之後，拿了好幾本相簿過來。她從最新的開始依序攤開。

「我也很想將這些作品用數位化留存，但一直沒去處理。」

「老師，妳沒在用ＩＧ之類的嗎？我看其他有些插花教室都有在用社群宣傳耶。」

「現在比起教導學生，還是打電動比較開心啊。」

「新木老師……」

那是當我還在念小學，剛開始來到這個教室上課的時候——

新木老師那時想跟我好好溝通交流，只要看到任何小朋友可能會喜歡的遊戲，就會去接觸的樣子。結果我完全不感興趣，反而是老師自己沉迷其中。

總之，我先翻閱起這些相簿。

當中有著今年出展的作品，以及裝潢業者委託設計的庭園等照片。

一張張看過去的時候，無意間看見了我跟日葵的照片。應該說，在那之後有好幾頁全都是我跟日葵國中時期的照片。從一開始她來看展覽之後，日葵偶爾也會來教室上課……但只要看到照片上這些風格獨特的插花，結果就不言而喻了。

榎本同學深感興趣地看著這些照片。

「那時的小葵比現在還要可愛呢。」

「榎榎～？妳是想說我現在不可愛嗎～？嗯～？」

新木老師笑著說：

「這時候的犬塚妹妹，頭髮很長呢。妳不再留長了嗎？」

「嗯～如果悠宇不會又用烙鐵燒我頭髮的話，也是可以考慮看看啦～」

「難得妳頭髮這麼漂亮呢。不過夏目同學也說過他喜歡犬塚妹妹短髮的造型，所以應該也沒差吧。」

啊，等等……

「哦～？」

日葵的雙眼亮了起來，並朝著我的臉逼近。她超開心地笑著向我逼問道：

「嗯呵呵～悠宇，這是真的嗎？」

「只、只是普遍觀點好嗎？我的意思是一般來說，這樣比較適合日葵……」

「咦～喜好是個人主觀吧？換句話說，這就跟悠宇在對現在的我說『喜歡喜歡最喜歡了我愛妳』一樣吧？」

「不，這是在講髮型吧？這樣就『喜歡喜歡最喜歡了我愛妳』那也太恐怖了。而且這個話題有必要深究下去嗎？比起這個，我們繼續看相簿吧……」

「話也不是這麼說喔～這次決勝負的最大課題是要做出足以壓倒主觀與偏見的作品嘛。因

此，為了聚焦於悠宇內心潛在的主觀與偏見，這項議論……」

我對榎本同學露出求救的眼神。

但榎本同學不知為何，正揪著自己的頭髮，面有難色地陷入沉思。

「……剪掉好了。」

「不用剪啦！我覺得榎本同學現在的髮型很好看！」

這女生也太危險了！

先不論日葵剪掉長髮的原委，真希望她能再多珍惜自己一點。

當我們聊著這些話題時，新木老師忽然拋出一項提議。

「要不要來插個花轉換心情？」

「我們沒有事先預約，這樣好嗎？」

「都有個沒有體驗過的同學來了，只看照片總覺得有些乏味嘛。」

榎本同學深感興趣地雙眼都亮了起來。

「榎本同學，妳要試試看嗎？」

「嗯。我想試試看。」

新木老師說著：「那就這麼決定嘍。」和我一起著手進行準備。無意間，我察覺到一股視線

並回頭一看，只見日葵用有點微妙的表情看著我們。

「日葵，妳也要一起插花吧？」

「啊，呃……」

她表現出有些遲疑的樣子。

接著就用一如往常的開朗笑容說：

「我在旁邊看你們做就好了～」

「咦？是喔。」

真難得。她以前都會主動說要跟著做。

雖然有些不太對勁，但我並沒有特別放在心上。比起這個，久違的插花讓我的心情感到有些雀躍。

何況今天這麼熱。她應該只是有點累了吧。

◇ ◇ ◇

我從小就很不擅長創作些什麼。

雙手算是靈巧的，也很懂得拿捏訣竅。只是一旦要著手創作，我一定會做到一半就膩了。無論是小學的美術勞作、音樂、料理……還有插花也是。

很～久以前哥哥曾經對我說過：

『日葵，妳很不會想像一個完成的結果並去執行呢。』

這句話相當擊中要害。

我基本上是任何事情都辦得到。只要給我一個邁向完成的步驟，我就很擅長完美複製這段過程。

像是念書、運動、遊戲，以及照譜演奏等等。

一開始聽人家說「答案是這樣」，我只要模仿並照著做，大家就會誇獎我。相對地，要是跟我說「可以自由發揮」，我的表現就會差得驚人。像是這方面的課程，我大多都是以老師或其他學生的作品當範本製作。

這樣也沒差啦。

因為就算是像這樣的模仿，能夠完美做到的人也不多吧？我最喜歡得意忘形了，大家也都會吹捧我，讓我很滿足。

但某天，當我在看電視的時候——綜藝節目上，有一隻關東大型動物園的猴子登場。每當牠模仿其他來賓的動作時，搞笑藝人跟現場觀眾的姊姊們都會發出歡呼。

（……啊，這就是我啊。）

我不禁產生了這樣的想法。只會模仿的我還真的像在耍猴戲一樣。

在那之後，總覺得自己好像毫無價值，無論做任何事情都無聊透頂。就算是男生對我說著：「因為妳很可愛所以喜歡上妳了，我們交往吧。」不知為何最後都會要我付出真心，讓我覺得不明所以，也認為既然如此不是跟我交往也沒差吧。拜託打從一開始就去找個真心喜歡你的女生好好疼愛，不要再浪費時間了。

當我和悠宇相遇那時，正是思想像這樣產生偏差的時候。

跟悠宇在一起，真的很開心。

因為他會澈底相信我嘛。在這之前，他好像真的沒朋友的樣子，讓我陷入像在餵食雛鳥的感覺。

那是叫光源氏嗎？那個想著可以養育自己喜歡類型的女生的變態。雖然我了解的程度就只有在古文課本中讀過的內容，但當時的我應該正是懷著那種心境吧。

本身創作不出任何東西的我，想透過協助悠宇的夢想，得到只屬於自己的價值，也盤算著悠宇不會發現我這個有點狡猾的目的。

……然而，我的計畫失敗了。

不，應該是因為我本來就選了一個不可能會讓我的計畫成功的對象。我從悠宇身上得到獨一無二的價值，相對地，也能將悠宇的飾品推廣到外面的世界去。以這個結果來說，就是引來了像榎榎這樣「更適合他的對象」。

新木老師的插花教室。

我躺在味道很好聞的榻榻米上，腦子裡想著這些事情。

在我視線的前方——悠宇跟榎榎兩個人正要好地挑戰插花。一開始說「要不要試試看？」的新木老師從庭院中隨便摘些花草過來之後，只準備好要用的道具，就回去跟小學生們玩寶可夢了。結果就變成留下來的悠宇，無可奈何地要教榎榎插花的狀況……

「……小悠，這好難。」

「嗯～也是呢。」

看著豪邁地插在花盆裡的花草小山，兩人不禁沉吟。

這的確很厲害。硬要形容的話，就像是花卉丼吧。雖然我沒資格這樣說，但這可以讓人感受到另一個層面的品味呢～

新木老師的教育方針是「總之先樂在其中」，在教導那些有點困難的基本技術之前，讓學生恣意把玩一番。悠宇也是遵照這一點開始著手的，但榎榎其實好像沒什麼美學品味的樣子。昨天又成一串的格子鬆餅也很不得了。

（自由發揮果真很困難。）

我的內心深處不免為此感到放心。因為，要是從來沒有插花經驗的榎榎現在華麗破關了，我不就真的很悽慘。

當我這麼想的時候，悠宇接過榎榎那盆花卉丼。

他總之先細心地將插得滿滿的花一根根重新抽出來。花盆空了之後，再拿起剛才抽出來的花草。他一邊用花藝剪刀將被劍山插花器傷到的莖部尾端剪掉，並說道：

「一開始還不習慣的時候，只要專注於給人看到插花的『面』就好了。」

「『面』是指？」

「雖然可以三百六十度全方位欣賞插花，但首先只要縮小範圍專注於這點就好。不用一開始就以百分之百為目標，感覺比較像是先將那百分之三十做出百分之百的視覺效果。如此一來我想應該就很容易構思了。」

聽不懂啊～～

就算在旁邊聽他這麼說，我也完全聽不懂耶。把百分之三十做成百分之百是怎樣的計算方式？我平常都在看悠宇製作飾品，但真的完全搞不懂他現在是在說什麼。

哇～悠宇的眼睛超級閃閃發亮的。他真的只要一接觸到花，感覺就很開心呢～但我還是不懂。我看榎榎應該也……

「啊，原來如此。」

咦？

榎榎若無其事地這麼說，並將花盆稍微轉了個方向。

「意思就是總之先將可以正面看到的這一面，盡可能做得漂亮一點嗎？」

「對對對。背面就先完全不要去管。」

「就像我們家的店就只有玄關口掃得特別乾淨，然後都把紙箱堆在客人看不到的後門那邊。」

「嗯～呃，是這種感覺沒錯啦……」

在那之後，兩人就一起開始一一將花插進花盆裡。

「花用太多其實也不太好喔。」

「是喔？」

「因為欣賞插花跟花卉作品的方式有點不太一樣。應該說，插花是在享受空間吧。」

「啊，這樣講我就有點懂了。就像吃蛋糕之前，那種雀躍的心情也是一種醍醐味。」

「對對對。就是這種感覺。基本上花的數量……」

……我只能注視著他們兩個不斷聊著我聽不懂的話題。

沒過多久時間，榎榎的第二個插花作品就完成了。看到她的成品，我只感到茫然。

（……好漂亮。）

中間插著一枝小小的百合花。周圍只有寥寥幾支草木四散在一旁點綴。

這些全都只為了襯托出唯一一支主角。就連現在待在這個房內的我們，都淪為只為欣賞這朵惹人憐愛的純白花朵的道具似的……這插花作品就是讓我心生這樣的感想。

雖然看得出來還有些笨拙之處，但我覺得整體既高雅又優美。為了追求純粹展現花朵之美的結果，就成了除此之外看不見其他東西的主題。

該怎麼說呢？感覺就像「榎榎眼中的悠宇」。

「小悠，你覺得怎麼樣？」

「我覺得很棒喔。比起我一開始來這邊上課的時候……」

兩人開心地一起看著那個完成的作品。他們像這樣湊在一起的畫面相當自然，感覺像是從很久以前就一直相處至今。

（……為什麼擁有那份美感的人不是我呢？）

自從察覺對悠宇的戀愛情愫之後，我至今還是無法應付這種心情。

不管再怎麼補充都無法滿足。

我是個貪心的人。比起已經擁有的，總是會不禁去看自己不足的東西。

我剪成短鮑伯頭的髮絲，緩緩攤在榻榻米上。我伸出手指輕輕一碰，並惡作劇般捲了起來。

它光滑又柔順，摸起來很舒服。隨時隨地都水潤又帶有光澤，是遺傳自奶奶偏淺髮色的頭髮。

我回想起剛才新木老師所說的話。

『難得妳頭髮這麼漂亮呢。』

國中那時，當悠宇在製作飾品的時候，我的頭髮曾被烙鐵燒到過。不對，不只是「曾經」，應該說「經常」被烙鐵燒到才對。

當我從悠宇身後抱著他看他製作的時候，太過專注的悠宇手中拿的烙鐵常會燒到我的頭髮。看著焦掉的髮尾，悠宇每次都很過意不去地向我道歉，感覺實在很可憐。因為說穿了，只要我自己多加注意就能避免這種事情。

也因為這樣，升上高中的時候我就很乾脆地剪掉一頭長髮了。

『那時的小葵比現在還要可愛呢。』

我知道榎榎這麼說並沒有惡意。

說真的，我也覺得國中那時的自己比較惹人愛。但為了獨占悠宇那雙熱情的眼睛，一頭長髮便成了阻礙。

（……其實我自己比較喜歡留長髮就是了。）

欸，悠宇。

如果我現在是一頭長髮。

如果留得跟榎榎一樣長，個性也更有女孩子氣的話。

你會只看著我嗎？

你會比起榎榎，更喜歡我嗎？

……想著這種少女情懷的自己，真的非常噁心對吧。我都不禁竄過一陣冷顫了。我果然還是不適合想這種事。

（去外面透透氣吧～）

我鬧著脾氣，走到庭院這邊來。

剛才還在喧鬧的那些小學生已經離開了。現在只有新木老師自己一個人在這裡抽著菸。屋簷下的風鈴，叮鈴叮鈴地響起帶著涼意的聲音。

「老師～那些小朋友呢？」

「他們都回去嘍～明天會一起來做暑假作業。」

「……老師乾脆別做插花教室，改成小學補習班不是很好嗎？」

新木老師笑著說：「我才沒那學力呢。」

接著，她的目光瞥向和室那邊，並從嘴裡吐出白煙。

「那位妹妹是叫榎本嗎？她就是夏目同學小學時，常講到的那個扶桑花的女生吧？」

「……老師，妳看得出來嗎？」

新木老師聳了聳肩。

看來就連第一次看到他們湊在一起的人，都覺得那兩人很相配。也太令人消沉了吧。

「榎本妹妹也喜歡夏目同學啊？」

「喜歡得不得了。聽她說好像是單戀了七年。」

「夏目同學現在也喜歡她嗎？」

「他嘴上是說沒有，但其實還喜歡她。」

最近也都只看著榎榎而已。儘管本人說沒這回事，但其實相當明顯。我怎麼可能沒有察覺。

新木老師笑了笑。

「真是青春啊。你們就儘管苦惱吧。」

「哇啊，一旦嫌麻煩就結束這個話題了！」

「當然啊。之前完全沒有任何戀愛情感的犬塚妹妹突然變身病嬌……我是說變成戀愛中的少女，我也會不知道該怎麼應對才好。」

「我又不是病嬌！」

「啊哈哈。在我看來，妳也很不得了喔～？看著夏目同學跟榎本妹妹的時候，好像都要射殺他們似的。」

「這種話不用說出來好嗎！老師，妳的個性很差勁耶！」

當我跟新木老師在外頭尖聲嬉鬧的時候，身後突然就傳來一道聲音：

「日葵，妳可以來看一下這個嗎？」

我不禁抖了一下。

咦，悠宇？他有聽到剛才的對話嗎？

我冷汗直流地回頭一看，只見悠宇一臉若無其事地對我招手……啊，他應該是沒有聽到。但這樣也讓我覺得很不爽。

回到和室之後，榎榎正攤開相簿端詳。

「怎麼了嗎～？插花體驗結束了啊？」

「剛才聊到我以前做過怎樣的作品，然後就在找之前的照片……」

這麼說著，他指出某張照片。

「啊！」

我不禁倒抽一口氣。

大大的向日葵聖誕花圈。

那是我第一次去看這間插花教室的展覽時的作品。我不可能忘懷……這是悠宇第一次「為了我」做的花卉作品。

「跟紅葉學姊一決勝負的作品，妳覺得就用向日葵如何？」

「嗯嗯！跟主題也很契合，我覺得不錯啊！」

我的情緒都不禁高昂起來。

這傢伙也真是的～就是有這種討厭的地方嘛～一邊擺出對我沒有任何興趣的態度，其實還是注視著我的嘛～悠宇這傢伙，真的一心只想著我而已，討厭不起來啦！

……當我內心雀躍地想著這種事情時，悠宇說道：

「剛才榎本同學說這個向日葵很棒。」

「……咦？」

我的語氣不禁回歸本性。

悠宇還沒有察覺這點，有點得意地說明下去。

「而且向日葵也不會被紅葉學姊高調的氣場壓過去，我覺得再適合不過了。況且也有榎本同學這位印象相近的模特兒在，能夠比較容易搭配形象……」

「這、這樣啊……」

榎榎露出一臉得意的表情。悠宇的稱讚讓她既開心又欣喜的感覺。那種忠犬般的態度……讓我渾身起了一股戰慄。

突然間，有人拍了拍我的肩膀。回頭一看，新木老師便帶著傷腦筋的笑容朝我看了過來。

「犬塚妹妹。要冷靜點喔。」

「…………」

我從口袋裡拿出常備的Yoghurppe，插下吸管並喝了一口。冷卻結束。我朝著一臉費解的悠宇他們，盡可能地擠出笑容。

「用向日葵很不錯啊。」

悠宇他們開心地相視而笑。渾然不知那又在我的心頭扎下一根小小的刺。

就這樣，為了跟紅葉學姊一決勝負的飾品主題就此定案。

# III

## 「愛的告白」for Flag 3.

幾天後的早晨。

我人在市內唯二的車站當中，比較新的那個車站裡的星巴克。我坐在室外的桌席，茫然地看著上班族來來往往的景色。

……就算是暑假期間，這個社會也有在運轉呢。

雖然這也是理所當然的事情，但總覺得有很深的感慨。而且我們只要再過個兩年，就會加入他們的行列了。這麼一想，今年暑假就更是珍貴。

在我沉浸於這番感慨時，就看見一輛眼熟的黑色進口車停在下客處。那當然是雲雀哥的車子。日葵從副駕駛座下車之後，我也朝著那邊走去。

日葵今天穿著輕薄的長版襯衫，配上七分內搭褲。為了遮陽，她還很時尚地戴了一頂大草帽。

一看到我拿在手上的焦糖星冰樂，日葵就語帶佩服地沉吟道：

「……悠宇，真虧你可以一大早就喝這種滿滿鮮奶油的東西耶～」

「咦？很奇怪嗎？」

「你都不會消化不良嗎～」

「不，這還比不上妳喝Yoghurppe的量好嗎？」

日葵笑著說：「這倒是～」並拿著紙盒裝的Yoghurppe吸了起來。

我隔著駕駛座的車窗向雲雀哥打招呼。

「雲雀哥。早安。」

「嗨，悠宇。早啊。」

他取下太陽眼鏡，揚起一抹燦笑。還順便讓牙齒閃現一道光芒。他的牙齒依然是整齊到太過漂亮。

「我覺得向日葵是個不錯的選擇。紅葉以前就很喜歡華美的東西。」

「不過飾品的形狀等細節都還沒決定就是了……」

「慢慢來就好了。一旦焦急，也會進而造成品質劣化。今天就祝你能找到合適的花嘍。」

「謝謝雲雀哥。」

他也對著日葵露出同樣的笑容。

「那我走了，日葵。好好去玩吧。」

「好～」

雲雀哥開著愛車走遠之後，就消失在早晨的城鎮裡了……如果只看他這樣的一面，會覺得他就是個人很好的哥哥而已。

「好啦，我也去星巴克買個東西吧～」

「那我去買車票。」

「咦～悠宇也陪我排隊嘛～」

「拿著星巴克的飲料買星巴克，心臟是要多強啊……」

拋下感覺很不滿的日葵，我朝著售票處走去。

在變得比改裝前更漂亮的櫃檯前，我說出目的地的車站。付了車票錢之後，就拿著車票離開了售票處。

我隔著星巴克的玻璃朝裡面看了一下，只見日葵還排在點餐的隊伍中。

於是我進入隔壁的全家，在那裡買個麵包當早餐……當我才這麼想的時候，就決定改買飯糰了。平常都在吃我們家便利商店的麵包，偶爾吃個米飯也好。

我順便買了提神的口香糖就走出全家，這時日葵也剛好過來。

「榎榎不能來真是太可惜了～她要幫店裡的忙，不能休息的樣子。」

「畢竟決定得這麼突然，也沒辦法吧。如果有買到不錯的伴手禮就好了。」

我們排在拿著通勤套票的上班族後頭，穿過至今還是人工驗票的剪票口，並走到鄉下地方所特有、開放感十足的寬敞月台。眺望著鄉下城鎮的悠閒風光，等了十分鐘左右……伴隨著警示鈴響，一輛特快列車便進站了。

看見外觀就像新幹線那樣的列車，我不禁皺眉。

「……是座位比較窄的那種。」

「哎呀～悠宇，你小心不要撞到頭……」

才這麼說著一邊上車……我的頭就撞上入口處的天花板了！

「好痛！」

「噗哈！悠宇，你是不是期待過頭了呀？」

「吵死了。是這條路線隨著運氣好壞能搭到的車輛差異太大了好嗎？」

我們買的是自由座車廂的座位。

我在日葵坐的窗邊座位正後方坐了下來。結果日葵頭上冒出大量問號並回頭看了過來。

「咦，悠宇，你為什麼要坐後面？來我旁邊坐啊。」

「不是，那個……」

我不禁含糊其辭。

這輛列車很窄。因此座位也可以說是擁擠吧。
也就是說，並肩坐在一起的話，我會跟日葵貼在一起。如此一來，在抵達目的地之前，我的心靈根本撐不住。然而我又沒辦法如此坦言，只能打馬虎眼。
「我想把腳伸長……」
「不不不。現在是沒差，要是乘客一多會造成別人的困擾吧。你來坐這邊啦。」
「呃。沒有啦，我得了只要旁邊有人坐就會死掉的病。」
「藉口未免太敷衍了吧……算了，隨便你。」
日葵嘆了一口氣，重新面向前方。
隨著警示鈴響起，列車也緩緩前進。這給人一種身體好像微微浮起來的奇怪感覺。我們眺望著越來越快地向後流逝的窗外景色。
結果日葵就從前方座位探出頭來。妳這樣才會帶給其他乘客麻煩好嗎？儘管內心這麼想，但講出口只會招惹麻煩，我就不說了。
日葵看起來很開心地說：
「總覺得很久沒有跟悠宇像這樣遠行了呢～」
這麼說來，確實是有這種感覺。
最後一次是在春假那時，我們一起去大分那邊的大型AEON看新上映的電影。在那之後還沒經過四個月，真是令人吃驚。升上高二的這年春天，實在發生太多事情了。

而這個開端無疑是跟榎本同學重逢吧。

「欸，悠宇。」

「嗯～？怎麼了？」

「我來猜猜悠宇現在在想什麼吧？」

「……妳說說看。」

結果日葵笑咪咪地瞇細了雙眼。

她將下巴抵在椅背上，微微歪過頭說：

「榎榎不在好寂寞喔～？」

「…………」

可惜，完全猜錯了。

確實是有想到榎本同學，但不是基於這樣的想法。

我嘆了一口氣。這麼說來，日葵這傢伙在四月那時動不動就會說這種話呢。她不是已經放棄把我跟榎本同學湊成對了嗎？

「答案是，我在想今天晚餐要吃什麼。」

「喂～都還沒吃早餐耶～」

「啊！這麼說來，我有買了飯糰。」

我從便利商店的袋子裡拿出飯糰。

然後跟還沒喝完的焦糖星冰樂擺在一起。

「……早知道就買個茶了。」

平常都是吃麵包，害我一時之間沒有察覺到。

「日葵。這輛特快車有自動販賣機嗎？」

「應該有吧，大概是在對號座車廂那邊……」

這時列車「喀咚」地晃了晃。

日葵「啊」地輕呼一聲，便將手伸進包包裡。沒想到她竟然拿出一罐瓶裝茶，並朝我遞了過來。

「來，悠宇。這是我從家裡帶來的，給你。」

「真的假的，謝謝妳。」

這也是預測了我的行動嗎？呃，再怎麼說也準備太周全了吧？日葵小姐應該沒有在我腦袋裡埋入什麼晶片吧？

總之，這樣我就能吃飯糰配茶了。就算是我這個螞蟻人，也覺得滿滿鮮奶油的飲料跟鰹魚的口味配起來很糟。

「……嗯嗯？」

「啊……！」

這時，我跟日葵同時發現了。

我接過的那個寶特瓶，裡面的茶少了一點。大概是她只喝了一口，而且忘了這件事就直接交給我了。

總覺得這瓶茶突然就醞釀出一股潘朵拉的盒子般的氣場。不，這應該是我的錯覺啦。但這確實對我的心靈產生衝擊。

（還是還給她好了？不，但我們事到如今，又不是會討厭共享飲料的那種關係……）

……那樣宛如我對她抱持好感似的，要是做出反應好像就輸了。

當我這麼感到遲疑的時候，日葵忽然說道：

「……你覺得會對不起榎榎？」

「咦？」

日葵眺望著窗外。

不，她應該是看著我倒映在車窗上的表情吧。我總覺得是如此。

「最近悠宇都在躲著我吧？」

「唔……」

我避免微妙地跟她對上視線時，日葵向我問道：

「果然是因為會覺得對不起榎榎嗎？」

「不，我不是那個意思……」

「不然是為什麼？」

「妳問我為什麼……」

其實我對妳抱持戀愛方面的那種好感說真的平常都心跳加速到快死了但我們之間還有著開店的這個目標所以不想坦率地對妳告白……這種原因最好是說得出口啦！

就、就照平常那樣應對吧。我從剛才開始就太過緊張，嘴裡還黏黏的感覺很噁心。早知道會變成這樣，就不要嫌麻煩，自己去找自動販賣機就好了……

「……我沒在躲著妳，而且這跟榎本同學也沒有關係。」

「…………」

唔喔！

日葵突然就把我手中的寶特瓶搶走。

她咕嚕咕嚕地一口氣灌完整瓶茶，並豪邁地擦了擦嘴角。

「噗哈——！茶好好喝！」

「什麼好好喝啊！妳也太突然了吧！」

牛仔褲都有點濕掉了！

聽我這麼抱怨，日葵便「噗哈哈哈哈」地笑著拿出毛巾。

「抱歉、抱歉！來，用這個擦吧。」

「是說，妳到底是想幹嘛啊？突然在我耳邊大喊，害得我心臟都快停了。」

她剛才是故意裝嚴肅的吧？

結果日葵便「呵呵呵呵」地別具深意地笑了笑。

「沒有啦～我只是想測試悠宇對榎榎的愛有多深而已～」

「然後就拿喝過的茶作為手段是什麼意思啊？而且我對榎本同學……」

「是是是。悠宇真是不坦率呢～」

「總覺得我們之間的對話沒有成立……」

無論如何，總之我是脫離危機了。

相對地，我總覺得疲憊不堪。而且肚子也餓了。好想吃飯糰。但喉嚨乾到不行，要是噎到米飯我感覺就會死在這裡。

當我想著這種事情時，日葵站起身來。

「我去幫你買茶賠罪吧。」

「咦？不用啦，這是我要喝的，我自己去買就好……」

「不～行。悠宇幫我顧好東西喔～」

這麼說著，她只拿著錢包就離開了。

看著她消失在前面車廂的背影，我茫然地回想著剛才的事，不禁整個人癱在椅子上。

……我真的搞不懂我的摯友究竟在想些什麼。

◇ ◇ ◇

往前走了三個車廂。

我待在自動販賣機前的窄小空間。

在強大的風聲及電車行走的聲音隆隆回響之中，我自己一個人一～～～～直「消沉」不已。

「唉唉唉唉啊啊啊啊啊……」

伴隨著嘆息，我拚命地一下接著一下，按著自動販賣機上購買茶的按鈕。寶特瓶的茶便一罐接著一罐從下方的取物口滿了出來。

（……今天這樣就確定了呢。）

悠宇的確在躲我。為什麼要特地坐在前後座啊？搞不懂他是什麼意思。最近「噗哈～」的時候他也真的感到很討厭的樣子……原來男生一旦喜歡上一個人，就會有這麼大的改變啊。

（不太好。我不能再想下去了。否則不好的東西「又」要跑出來……）

隔著玻璃車窗，可以看見外頭的風景。

眼前是高速往後流逝的田園風光。倒映在玻璃車窗上的我，今天也是既完美又奇蹟般可愛。

正可謂受神寵愛的存在。

但是，榎榎比較可愛。這不是單論外表，而是她的內在。

我是個生來就該備受寵愛的人，但榎榎是生來就該得到幸福的人。跟榎榎相處得越久，我就越是能深刻感受到這一點。

然而榎榎的幸福，想必是跟悠宇配成一套的吧。

悠宇越是看重我，我內心骯髒的那部分就會越來越擴大。我無論如何都必須直視有個比我還要好的女生待在他身旁的這個事實。

之前，真木島同學好像這麼對我說過：

『妳應該要在「自己其實配不上小夏捨棄一切的覺悟」攤在陽光底下之前一決勝負。』

那時我只覺得「啊？」，但現在多多少少可以明白了。

我就是既放縱，又利己到無藥可救的地步。要是沒有得到滿足就無法忍受，就算傷害到他人也覺得無所謂。正因為如此，我才該在這樣的本性表露出來之前一決勝負才對。

我真的做得一點也不好。明明只要最後能得到悠宇就好了，「現在的這份情愫」無論如何都是一種妨礙。比起想繼續當他摯友的自己，想成為他戀人的自己日漸壯大起來。

嚐到戀愛的滋味之後，我的人生變得很開心。

但與此同時，我也會在無意間不禁這麼想——

「要是沒有榎榎就好了——」

……唔！

我連忙拍了拍自己的臉頰。

不行不行！

我差點就產生非常過分的想法。真是爛透了。這一點也不適合我這個超受寵愛的人吧。我還是趕緊轉換心情吧！……我現在是戀愛跟工作都相當努力的ＯＬ嗎？

我一邊將不小心買太多的瓶裝茶分給其他乘客，回到了悠宇那邊。

那個悠宇……很有禮貌地還沒吃飯糰並等我回來。他正看著車窗外發呆。早晨的陽光照了過來，讓他不禁感到眩目地瞇細了雙眼。

我隱約能猜出他正在想誰的事情。忍著心頭小小抽痛的感覺，我擠出笑容坐到他旁邊。

「悠宇，久等了～」

「啊，日葵。謝……等等！妳怎麼買這麼多瓶茶啊？」

「嗯～剛好是想狂按按鈕的心情嘛～不小心就搞砸啦☆」

「是怎樣的心情啊。也太莫名其妙了吧？這些茶到底該怎麼辦才好？」

悠宇揚起一抹苦笑，並接過了茶。

那種毫無防備的表情，該怎麼說呢，好像他的眼中真的只有我，讓我有種心臟被揪得緊緊的感覺。

我是個討厭的女人。

明知早就沒有勝算了。即使如此，只要悠宇對著我笑——我又會開心到不可自拔，真的是無藥可救。

♣ ♣ ♣

跟日葵一起搭了將近一小時的列車。

我們抵達了目的地的城鎮。

這裡跟老家那個城鎮相比……嗯，也相差無幾。就景色來說，實在沒有什麼出遠門的感覺。

我們走出感覺歷史悠久、有著磚瓦屋頂的木造車站。

從車站算起約二十分鐘左右的車程，就會到達目的地。搭計程車的期間，我眺望著跟老家差不多的街景，一邊向日葵搭話道：

「日葵，午餐要吃什麼？」

「嗯～吃什麼好呢～……」

「這麼說來，這附近有間之前『松子不知道的世界』介紹過的餃子店對吧？」

一般來說以餃子聞名的地方通常會聯想到宇都宮或濱松等地，但以我們家鄉這一帶而言，這個城鎮也是出了名的激戰區。這間店好像也有透過網路販售食品，但自從經過電視節目介紹之後，聽說網購訂單至今還要等上半年。

然而，日葵的回應感覺心不在焉的。她只是眺望著窗外的風景，茫然地沉吟而已。

「嗯……」

「日葵？」

這時，她才總算朝我看了過來。

「嗯？」

「呃，我在說午餐。」

「啊，嗯。我都可以喔～」

「是、是喔……」

總覺得她莫名安分。

自從剛才去買茶之後，就都是這種感覺。畢竟很久沒有出遠門了，我還以為她的情緒會更高昂一些。

「反正重點還是花嘛～」

「……說得也是。那就等採完之後，再看心情決定吧。」

接著，計程車的窗外可以看見一整片遼闊的田地。

在那一隅……即使這麼說，也是寬敞到足以遼望的田地中，滿滿都是像在抬頭仰望的向日葵花海。宛如要連綿到地平線彼端的花田上，整片都是向日葵的景色十分壯觀。

看到飄揚著色彩繽紛的旗幟，我們也下了計程車。望見那生長得像是牆一般高聳的一大片向日葵，我的情緒也跟著高昂起來。

「日葵！天啊！整片都是向日葵！比我還要高耶！這比在鮮花店賣的還要大多了！咦，會不會太厲害了啊？這些向日葵真的都可以採收嗎！」

「嗯呵呵～悠宇，我能明白你的心情，但還是冷靜點吧～？」

她語氣還滿認真地對我這麼教誨，讓我的亢奮度也下降了一點。

日葵壓著大草帽，感覺很刺眼似的瞇細了雙眼。

「雖然有聽新木老師說過，但這還真厲害啊～」

這裡是向日葵產量據說為日本第一的大農園。

而且一年會像這樣舉辦一次夏日祭典的樣子。也會找來當地的藝人跟樂團，在設置於向日葵花田附近的舞台上舉辦表演。還會利用向日葵花田做成向日葵迷宮等戶外設施。旁邊更有一整排提供食物的攤販，是一場適合全家人一同享樂的活動。

更重要的是，在這裡可以買下自己採收的向日葵帶回家。這就是我們來到這裡的目的。

這裡比從新木老師口中聽說的還更熱鬧。只不過來這裡的客人年齡層普遍較高。也是有全家人一起來的，不過像我們這樣兩個高中生自己來這裡，或許算是少見。

聽了主持人大叔逗趣的談話，附近的叔叔阿姨們都紛紛鼓掌。我們走過他們後方，立刻就前往舉辦展售會的地方。

「哦哦。這怎麼說呢，呃……」

「很少看見這麼大的花呢～感覺好像會出現在吉卜力的作品耶～」

「對對對！我就是想說這個！」

「嗯～我能明白你會覺得熱血沸騰，但悠宇這麼嗨好麻煩……」

這話說得真過分……

向日葵。

無須多言，這是眾所皆知的盛夏代表花。

最具特色的就是一大朵太陽般黃色的花朵。

高大的向日葵全長甚至會達三公尺。就連花的直徑也都有三十公分寬。感覺就像仰望巨人一般。

比我國中時用的還更大上許多——這就是當季的向日葵。支撐著巨大花朵的莖跟葉也都沉甸甸地很有厚度。

日葵一邊摸，一邊仔細端詳著說道：

「向日葵雖然很有名，但很少實際看到呢～」

「其實向日葵是由兩種花所組成。」

「天啊，悠宇要開始囉唆了。」

「…………妳不想聽就算了。」

被潑了冷水，我的情緒也低落下來。當我鬧著脾氣想繼續往前走去的時候，日葵便連忙伸手拉住我帽T的衣角。

「嗯呵呵～開玩笑的啦。我好想聽悠宇說些小知識喔～」

「把氣氛搞到難以開口後，還要我繼續說，未免太地獄了吧？」

「反正只有我在聽啊，沒差啦～你說有兩種花是什麼意思？」

「……唉。」

算了，是沒差啦。

我再次抬頭看著向日葵巨大的花朵。

「向日葵乍看之下是一朵巨大的花，但其實是由眾多微小的花聚集而成。這是稱作頭狀花序的菊科特徵……」

「咦，什麼意思？我有點聽不太懂。」

我輕輕將附近比較低矮的向日葵拉了過來。

首先是圍繞在向日葵外圈火焰般的花瓣。這些叫舌狀花，各自有著雄蕊跟雌蕊等生殖器官。也就是說這每一片花瓣，都具備一朵獨立的花應有的機能。

接下來是內側有著一根根的花托的部分。不知道的人會以為這是向日葵的雄蕊及雌蕊，但其實這是由一朵朵小花瓣聚集而成。這被稱為管狀花或筒狀花，仔細一看就能發現有著一片片的小花瓣。當然，這些小花也都各自具備生殖器官。

「嗯～？也就是說向日葵並不是一大間獨棟房屋，而是一朵朵小花們的公寓嗎？」

「沒錯，就是這種感覺。如此一來，就算只吸引到一隻蟲也能進行大量授粉。這也是菊科植物可以大量繁殖的主因。」

很久沒有露一手花卉知識，讓我覺得暢快了些。最近日葵也對花越來越熟悉，所以沒什麼這樣的機會呢。

當我想著回去之後也要說給榎本同學聽時，無意間就看到日葵莞爾地看著我。

「怎、怎樣啦？」

「沒有啦～只是想說悠宇還真是有夠喜歡花的耶～」

「別扯遠了。」

「我沒有扯遠啊～有自己喜歡的東西是件好事。」

這讓我覺得好像說不過她，心情有點悶。

不過，算了。總之，現在先好好欣賞這些高大的花吧。竟然能在這種狀況下挑選花卉，正可謂一年才有一次的機會。

「比起這種事，我們趕快去採花吧。」

這個祭典本身好像會連續舉辦兩天。

但要採花的話，還是動作越快的人可以採到狀態最好的花。就這個層面來說，在活動第一天早上來到這裡可說是正確的選擇。或許也是明白這一點，此時在這裡的都是一些散發出愛好家氛圍的人。

我謹慎地踏入花田。並在每一枝花之間空出的狹小空間中，在避免傷到向日葵的同時步步前行。

由專業的人所種植的花果然特別漂亮。看得出來傾注了滿滿的愛。惹人憐愛的美感及強韌的生命力——這兩種相反的印象，共存於向日葵這種花上頭。

新木老師以前說過，選擇花的時候，最重要的在於平衡。

花不能太大，綠葉也不能太過茂盛。老師說在兩者間取得平衡的花，會很「親近」人類的雙手。

我定睛細看，挑了幾枝合意的向日葵。花也都有自己的個性，這過程並不簡單。

「…………」

這枝的葉子歪歪扭扭的，感覺一點也不坦率。

這枝的花太大了，給人傲慢的感覺。

（啊，這枝……）

無意間，一枝向日葵奪去了我的目光。

那一枝非常漂亮。不，雖然看起來跟其他向日葵也相去無幾就是了。但看在我眼裡，就是覺得跟其他枝不太一樣。

花的形狀圓滾滾的，葉子的形狀也是美麗的橢圓形。花瓣大小均等，花托的排列也很整齊。

總覺得好像有在哪裡看過這朵花。

（好適合日葵……）

無意間，我產生了這樣的想法。

我的摯友，也是我喜歡的對象。

用這枝花做成的飾品，真希望可以穿戴在日葵身上。我不禁產生這樣的想法，也格外感到害臊。

我回想起在新木老師家時，榎本同學一邊看著相簿說過的話：

『這個作品很有小葵的感覺，真的很棒呢。』

那個向日葵的聖誕花圈。

看到那張照片的瞬間，我就覺得除此之外不做他想了。榎本同學也說感覺滿不錯的。

那年冬天的展覽。

想要奪回借放在日葵那邊的五十分，就只有現在這個機會而已。而且要把我對日葵的這份情愫昇華成飾品，也就只能用這枝向日葵了吧。

當我感受到確實的手感時，日葵從另一排那邊繞回來了。她抬頭仰望那枝向日葵，發出「哦哦～」的一聲感慨。

「這滿不錯的嘛。要決定用這枝嗎？」

「嗯。我姑且還想多選幾枝就是了。不過，我總覺得很喜歡這枝向日葵。」

「嗯呵呵～剛才我看悠宇的眼睛都變得亮晶晶的，我就想說你可能是看到中意的花啊～讓

我感覺真不愧是悠宇呢～」

「我是宇宙怪獸還是什麼嗎……？」

我還是搞不懂日葵的感受。

偶爾我會覺得她是個比我還嚴重的電波女。不過，這也是日葵的優點所在啦。

當我這麼想的時候，日葵突然喃喃道：

「要是生作一朵花，說不定還比較好呢～」

「……咦？什麼意思？」

我回頭一看，日葵用一種「嗯～？怎麼了嗎～？」的感覺，露出滿面微笑。看來我還是裝作沒有聽到比較好。

這反應既跟平常的日葵一樣……卻也讓我覺得日葵今天果然還是不太對勁。

不，應該是我誤會了吧。在一決勝負之前，日葵想必也感到很緊張。

現在必須專注於飾品。畢竟要是輸給紅葉學姊，恐怕會失去像這樣跟日葵相處的日子。

◇◇◇

決定好第一枝向日葵的時候，悠宇看起來開心不已。

他面帶非常溫柔的微笑，感覺就像在對向日葵投以慈愛之情。這讓我覺得那簡直就像向日葵與他喜歡的女生的影子重疊在一起似的。

他是不是在想著榎榎開心的表情呢？

那也是理所當然吧。畢竟一開始就是榎榎說用向日葵很好的啊。

他今天應該也是想跟榎榎一起來的吧～

難不成像這樣跟我出來玩的時候，他也會產生外遇般的罪惡感吧？所以從今天早上開始，他才會表現出那樣冷淡的態度嗎？

（我有看過男女的朋友關係之間，當其中一方有了交往的戀人之後就會產生嫌隙，感覺還真的是這樣，好討厭啊～）

我都已經下定決心要站在摯友的這個立場，忍耐到實現夢想為止了。

我要實現夢想，成為對悠宇來說獨一無二的存在並得到認同。接下來，就要正大光明地一步步得到悠宇。

然而悠宇如果跟榎榎交往了，我們是不是會在店面開張之前就先分道揚鑣了呢？

（……咦？）

一個想法突然掠過心頭。

話說，我為什麼會以「他們還沒交往為前提」想這些事情啊？

搞不好他們背地裡已經在交往了？所以最近才會一直瞞著我聚在一起嗎？

之前午休時間也是，會不會一邊「啊～♡」地餵食時，其實一邊聊著這樣的對話呢……？

「小榎榎。我們之間的關係，也差不多該跟小葵葵說了吧？？？」

「不～行♡在跟她坦白之前，還要再讓她多～嫉妒一點才行♡」

「咻～壞壞耶～真不愧是專屬於我的惡女大人☆」

「究竟是誰讓我變成這、種、女、人的呀♡（一邊戳著悠宇的鼻頭）」

不，這是誰啊。

我動搖過頭，想像中的對話充斥著滿滿的平成初期感。不論媽媽多喜歡看偶像類型的校園電視劇，想侵略到我的妄想中還是敬謝不敏啦。

冷靜點，日葵！做個深呼吸！妳是個冷靜的女人！

總之我要先向悠宇追問清楚他跟榎榎之間的關係……但這是不是不太可能啊？就是因為悠宇都不坦率地從實招來，我的心情才會如此煩亂。

不不不，我怎麼能這樣示弱呢？

是忘記自己的稱號了嗎？我可是應付男生身經百戰的「魔性女」耶。只不過是要問出悠宇真正的想法，根本輕而易舉。用一根小指頭就能手到擒來啦！

就是這樣，試試看吧！

「悠、悠宇。我想問你一件事……嗯？」

我朝著悠宇的背這麼搭話，他卻完全沒有任何反應。

他一直在物色第二枝向日葵。

被他無視了嗎？不，確實是被無視了，但這狀況有點不太一樣。

他太專注於花了，無法分神注意其他事情。這既是悠宇的壞習慣，也是我最喜歡的地方。

剛抵達這片向日葵花田的時候，他明明就像個孩子一樣情緒超高昂，一旦進入工作模式就變得非常冷靜。就連我也是好像一開始就不存在於這裡似的被忘在一旁。

要是現在繞到悠宇正前方，應該就能好好享受那跟平常一樣閃亮亮的眼睛了吧。一講到花，悠宇真的就專注到不行。就算同時有著其他煩惱，也無法對此造成妨礙。

無論我還是榎榎，都沒辦法阻礙悠宇跟花之間的關係。

（……什麼嘛。打從一開始，「在悠宇心中的第一就不是我啊」。）

這麼說來，之所以會開始擔任悠宇飾品的模特兒，也是想占有那雙熱情的眼睛，即使只有一瞬間也好。

我是有什麼毛病，竟然會去嫉妒花。

但是，與此同時我也覺得很羨慕。

我就沒有可以像他這樣如此拚命的東西。

紅葉姊好像說我的可愛是一種才能。但就算拿這當武器也無法讓我成為悠宇的第一。聽到這樣的稱讚，真以為我會感到開心嗎？

倒不如生而為花就好了。

那樣悠宇就會以熱情的雙眼注視著我，而我也希望能在這副身體上刻劃下屬於悠宇的證據。光是如此，在我走到腐朽的盡頭前，都能幸福地活著了。

我對著悠宇的背，開口說道：

「悠宇，這些向日葵真的很漂亮呢。」

「…………」

果不其然，他聽不見我的聲音。

「明年再約榎榎一起來吧～」

「…………」

明知傳達不出去，卻還是不斷拋出沒什麼內容的話語。

悠宇依然背對著我，默默地挑選向日葵。他朝著高大的向日葵伸出手。就像在接吻前抬起對方下巴一樣，觸碰著那枝花。

他的雙眼炯炯燃燒著。

明明是那麼內向的陰沉個性，一旦觸碰到花，就會變得這麼熱情。然而相反地，他手的動作卻又是十分溫柔。

這在轉瞬間，讓我不禁覺得怎樣都無法原諒。

「……悠宇，我喜歡你。不要都顧著花，拜託你只看著我嘛。」

我拋出了他絕對聽不見的真正心意。

我是有什麼毛病，竟然會去嫉妒花？

不去實現初戀，才比較有毛病吧？

我就是個卑鄙的女人。

要不是知道他絕對不會聽見，也無法將真正的心意說出口。

只會去挑戰絕對會獲勝的戰鬥。

勝利的女神真的會對這種傢伙露出微笑嗎？

（算了。我去另一邊的休息區休息一下吧……）

在我淺淺嘆了一口氣，並轉身的瞬間——

「日、日葵……？」

我聽見了悠宇的聲音。

一回過頭，我就跟悠宇對上了視線。他手上的向日葵，就擺在跟我的身影重疊的位置。看起來就像畫家為了打草稿，而將鉛筆高高舉起並對著模特兒那樣。

但是，他雙眼中熱情的光輝在不知不覺間消褪，只是茫然地看著我。

「…………」

「…………」

啊？

我花了一點時間，才總算理解這個狀況。在這段期間，我們一直沉默地對視著彼此。

悠宇正看著我。ＯＫ。至此我都可以理解。

但我還是不懂。埋首於花的悠宇，無論發生任何事情都不會回應我。在學校的科學教室處理花或飾品的時候，就連我在一旁打破花瓶他也都沒有發現喔。

那樣的悠宇，怎麼會正看著我呢？

而且他一張臉還紅得像蘋果一樣。

「…………」

怦咚怦咚怦咚，我的心跳聲越來越大。為了確認這項事實，我選擇用最擦邊的話問道：

「悠宇，難不成你剛才有聽到我說的話嗎？」

我這麼一問，悠宇便難為情地撇開臉。

「當我想確認一下這枝花適不適合日葵的形象時……聽到了一點。」

他抱在手中的向日葵，直直地注視著我。

我在心裡雙手掩面地放聲大喊。

嗚哇啊啊啊啊啊啊啊啊啊啊啊啊啊啊啊啊啊啊啊啊啊啊啊啊啊啊啊啊啊啊啊啊啊啊啊啊啊啊啊啊啊啊啊啊啊啊啊啊啊啊啊啊啊啊啊啊啊啊啊啊啊啊啊啊啊啊啊啊啊啊啊啊啊啊啊啊啊啊啊啊啊啊啊啊啊啊啊啊啊啊啊啊啊啊啊啊啊啊啊啊啊啊啊啊啊啊啊啊啊啊啊啊啊啊啊！

冷靜點冷靜點。

他剛才是說聽到一點對吧？也就是說，他並沒有全部聽見嗎？

那他是聽到哪裡啊？我喜歡你嗎？只看著我嗎？不管哪一個都算出局吧～！

怎麼辦、怎麼辦？

沒想到他竟然會聽到。而且，為什麼就只有這個瞬間被發現啊？也太奇怪了吧？勝利的女神大人是討厭我嗎？不過換作是我，也絕對不會讓我獲勝就是了啦～！

當我一個人陷入混亂的時候，悠宇突然嘆了一口氣。

「……唉。日葵啊，妳不要連這種時候都想要『噗哈』好嗎？」

「咦？」

悠宇像是想掩飾自己發紅的臉，動作生硬地抓了抓頭。

「我們現在是來挑要跟紅葉學姊一決勝負的花吧？在電車裡就算了，現在並不是該用這種『玩笑話』來打擾我的時機吧？」

「………」

我的心刺痛了一下。

也確實聽見了心頭出現一道裂痕的聲音。

是怎樣？

現在是怎樣？

結果還是這樣解讀嗎？

就算我真的伸出了手，也絕對無法傳達出這份心意嗎？

就算我這麼拚命，為了讓我們開一間店而努力，結果還是會被榎榎占為己有嗎？

那我到底為什麼要為此努力啊？

我的人生是為了什麼而存在的？

我的價值真的只有這樣嗎？

我確實是有不對沒錯啦啊啊啊啊啊啊啊啊啊啊啊啊啊啊啊啊啊啊啊啊啊啊啊！

我一把搶走悠宇抱在手中的向日葵。

「啊，日葵！」

一轉過身，我就在向日葵花田中拔腿狂奔。

我就連自己在做什麼都搞不太清楚。腦袋昏沉沉的，好像沸騰了一樣。我混亂地想著「這大概是中暑了吧」、「但我明明就有戴帽子啊」，或是「早知道就多喝一點水」等等，這種無關緊要的事情。

「日葵，等一下！」

悠宇追了過來。這麼說來，五月我們第一次大吵一架的時候，他也有這樣追著我跑吧。那個時候，我是為什麼要逃走來著……？

我穿梭在整片向日葵花海之中。身材高大的悠宇自然必須彎腰才行。因此，這次他遲遲追不上我。

（啊啊煩死了！我這是要怎麼辦啊？）

視野感覺閃爍了起來。總覺得黃綠的鮮明對照讓我的感官變得越來越遲鈍。這一定是一場夢。醒過來之後，我會躺在柔軟的床上，一如往常地在鬧鐘響起的五分鐘前起床，一臉得意洋洋地想著我今天也有夠可愛啊～然後著手準備跟悠宇一起去向日葵花田。

原來還真的有預知夢這種東西啊。太棒了。如此一來今天也能毫無破綻地做出摯友該有的行動。誰還要再說什麼喜歡你啊。真的快喘不過氣。好像快死了。這真的是夢嗎？我的腳都開始發抖。腦袋也是缺氧的感覺。啊～可惡，全都氣死人了！無論是做得不好的自己，還是不喜歡我的悠宇都很可惡！氣死人了氣死人了氣死人了！

（……啊，不行了。）

我的腦袋一片空白，腳步總算停了下來。

這麼說來，他的聲音好像在很遠的地方。我回頭一看，並沒有見到追過來的悠宇。不知不覺間，我好像甩掉他了。哈哈，我也很行嘛……

為了吸一口新鮮空氣，我仰望天空。

總覺得整面向日葵好像都在注視著我似的。無意間，我回想起之前在咖啡廳裡隨便捏造的那個故事。

在整片向日葵的遮蔽下，我跟悠宇從這個世界上消失了。

遠方傳來悠宇的聲音。

「日葵，妳在哪裡！」

這裡，只有我們兩個人而已。

現在，是不是可以傳達得出去呢？

「悠宇，我在這裡。」

我悄聲地說。

他不可能會聽見。

我說得這麼小聲，他不可能會找得到我。

「…………」

四下一片寂靜。

直到剛才還能聽見的悠宇的聲音，不知道跑去哪裡了。他一定是去別的地方找了吧。

瞧，果然不行吧。

就算世界毀滅了，就算只剩下我們兩個人……

悠宇一定依然會說我是他的摯友，我的心聲仍舊傳達不出去。我們生來就是這樣的命運。

（……咦？）

明是如此，我身邊的向日葵卻晃了晃。

然後在轉瞬間，悠宇就一臉非常焦急的樣子衝了出來。

「日葵，找到妳了！」

悠宇全身上下都是泥濘。他流了滿身大汗，衣服也髒了，而且表情看起來還好像快要哭出來一樣。真的很好笑耶。

明明一點都不帥氣，卻讓我覺得一陣怦然心動。

「日葵。妳啊，要是不喊大聲一點我怎麼會發現……咦？」

我抓住悠宇帽T的衣領，使勁地將他拉了過來。

悠宇的臉越來越靠近。倒映在他雙眼中的我，總覺得臉頰發燙，眼睛還很濕潤，好像發燒一樣……感覺非常像個戀愛中的少女。

「日、日葵？妳是要做什麼？」

問我要做什麼？

就是要這樣做啊。

為了不再讓你說我是在「開玩笑」，而將自己深深刻印在你的心中。

我輕輕解開脖子上的頸飾，並放到悠宇的手中。

我不需要「摯友」的戒指了。

視野中最後看到的景色，是向日葵鮮豔的黃色。

在一片沉默無語的花朵注視之下……

——我吻上了悠宇。

♣ ♣ ♣

在那之後的記憶，說真的都曖昧不清。

感覺就像一部分被燒成灰燼了一樣，直到我抵達暑假期間的學校時，這才總算回過神來。

我只記得我們手中抱著向日葵跟作為伴手禮的冷凍水餃，並踏上了歸途。而且不知不覺間，我的手上拿著日葵的鵝掌草頸飾。

然後，只有我一個人來到學校的科學教室，立刻就著手進行向日葵的處理。花最好還是要在新鮮的狀態下處理。

只有手默默地做著事情。

這是我時隔許久，將最大的器材拿出來使用的處理作業。經過各式各樣的步驟，最後是將向日葵泡進滿滿的溶液當中。

回過神來，只見窗外已經是日落時分。

今天一大早就出了一趟遠門，回來之後也完成了花的第一階段處理作業。

這是多麼充實的一天啊。光是今天一天，感覺就經歷了一整個星期的事情。採到最棒的向日葵，也決定好飾品的主題。不但有買到要給咲姊的餃子伴手禮，還是人生第一次跟女生接吻了。

「………」

我走到科學教室的角落，並在那裡抱膝坐下。

雙手掩面之後，我放聲大喊。

「哇啊啊啊啊啊啊啊啊啊啊啊啊啊啊啊啊啊啊啊啊啊啊啊啊啊啊啊啊啊啊啊啊啊啊啊啊啊啊啊啊啊啊啊啊啊啊啊啊啊啊啊啊啊啊啊啊啊啊啊啊啊啊啊啊啊啊啊啊啊啊啊啊啊啊啊啊啊啊啊啊！」

為什麼為什麼為什麼為什麼？

為什麼日葵那傢伙要做出那種事啊！

實在是太過難以理解，害我完全把情感留在那裡就回來了！仔細想想這也太不得了……我是說不用仔細想也很不得了好嗎！

（咦？這是什麼意思？是那個意思嗎！那個意思又是什麼意思？）

思緒在我腦袋裡轉來轉去，完全陷入一片混亂。

我打開放在科學教室後方的鐵櫃，並將陳列在那裡的ＬＥＤ栽培機拿了出來。這是可以在室內種植物的優秀器材。上次日葵不僅僅在花壇種下種子及球根，就連這裡也有種。我將冒出小芽的那些栽培機放在六人座的桌子上，並在那前面坐了下來。

「現在開始進行緊急會議。」

我朝著花卉們宣言道。

「小紬」（波斯菊）問我：「議題是什麼？」……感覺像在這麼問啦。

「關於日、日葵她……呃，就是……跑來親我的理由……」

「美緒」（秋水仙）說著：「那還用說嗎？小弟弟，你連這都不懂呀？」感覺很是挑釁。

不，我也知道一般來說大概就是那樣了。何況日葵雖然經常跟男生交往，但對於這方面的事情該說很冷淡嗎？總之她並不是對誰都會做出這種事。那她之所以會親我，就是那個意思嗎……？

「日奈子」（兔耳花）畏縮地說：「但對象可是日葵喔，這麼簡單就相信她是不是很危險呢……？」提出這番保守的建議。

關於這點，我倒是完全同意。

既然是日葵，就必須保持警戒，避免事後察覺那是步向「噗哈～」的布局。要是現在順水推舟向日葵告白，造成無可挽回的事態可就令人目不忍睹。

「薰」（番紅花）倒是快活地笑著說：「怎樣都好吧。反正是對方先主動的，乾脆就成為色色的那種摯友吧～！」……那可不行！而且色色的那種摯友是哪種啊！

「我就是太蠢了才會找妳們商量……」

花都紛紛揚起噓聲。啊，抱歉。我說錯話了，內心其實不是這麼想的。我會幫妳們澆水的，請原諒我吧……

當我勤快地替花澆水的時候，有道聲音從背後傳來。

「小夏啊，你一個人在跟花講話，感覺很開心嘛？」

「……什麼嘛。是真木島喔。」

回頭一看，只見穿著制服的真木島正靠在窗邊。

他一邊拿著扇子朝自己搧風，一邊說著：「呼～這裡的冷氣好涼，根本天堂啊。」一副快受不了的樣子。

「你今天的社團活動結束了嗎？」

「對啊。距離綜體大賽只剩下兩個多星期，卻還是遲遲調整不到最佳狀態。」

「以真木島來說，會像這樣示弱還真難得耶。」

「不，我是在說學長。他跟我會出賽個人賽，但明明都是高中生涯最後一場大賽了，他感覺卻沒什麼氣勢。」

這麼說來，之前有說過今年是真木島跟前任社長兩個人晉級全國大賽。

真木島收起扇子之後，用扇子搔了搔脖子。

「原因在於沒有同學年的社員跟他一起晉級全國吧。就只有自己晉級，應該讓他覺得對不起

其他社員。說好聽點是人很好，說難聽點就是競爭心不足。」

「也是啦，你感覺就不會有這方面的煩惱嘛。」

「啊哈哈。我也不是那麼冷血的傢伙。我多少也是有在顧慮，想說要是在全國大賽中跟學長對上了會讓他一點。不過學長要是拿出真本事，我這種程度根本拿他沒辦法就是了。」

「哦。他有這麼強啊？」

「原本有外縣市的強校招攬他入學，他卻以跟朋友謳歌青春為優先，拒絕了對方。真是個笨男人。」

真木島快活地笑著，一邊說：「但我並不討厭就是了。」就越過窗戶進到科學教室來……

呃，大可從門進來啊，又沒有關。

真木島來到桌子前方，他看到放進器材裡的向日葵，不禁發出感嘆。

「你又在做很不得了的東西啊。這是要用來幹嘛的？販售嗎？」

「你都聽紅葉學姊說過了吧？」

「原來如此。是跟她有關的啊。不，我什麼都不知道。你跟她是怎麼樣了？」

「…………？」

我費解地歪過頭。

總覺得我們的話都沒有搭上線。

「你跟紅葉學姊有在背地裡聯手吧？」

「…………」

不知為何，真木島一臉相～當厭惡的表情陷入沉默。

他展開扇子，並遮住嘴邊。從我身上撇開視線之後，就悄聲地說：

「這次我什麼都沒有做。」

「是喔？」

有點讓我意外。

那時有提到真木島，我才會認為反正一定有他在背後牽線。察覺到我這番心思的真木島忿忿地嘖了一聲。

「我是想跟她聯手，卻被她問完情報就隨手拋棄了。畢竟那個人的做法比較適合單打獨鬥。有聯手的夥伴反而會讓她礙手礙腳吧。」

「紅葉學姊的做法……？」

「耍任性然後砸錢。」

「喔……」

確實是有這種感覺……

她散發出一種不同於咲姊跟雲雀哥的恐怖感，聽他這樣講，總算得到一個明確的解釋了。

「我雖然對日葵說得煞有其事，但實際上跟路人沒什麼兩樣。這次我必須盡可能在綜體大賽前增進能力才行，因此也可以說是正好……」

他自虐般「啊哈哈哈哈」地笑了。

我不禁陷入思考。畢竟，我真的以為真木島是站在紅葉學姊那邊，所以也就放棄了。只是若事實是如此，那又是另一回事了。

「真木島。既然這件事跟你無關，那你也來幫忙讓紅葉學姊放棄日葵……」

「這我辦不到。」

他果斷地這麼說。

看樣子，他早就預料到我會這樣講了。我忿忿地看了過去，他也開心地揚起竊笑。

「不過，這麼說也是啦。對真木島來講，也比較希望日葵去東京嘛。畢竟目的是為了把我跟榎本同學湊成一對。」

「這也是原因之一。不過這次跟這件事情沒有太大的關係。」

「什麼意思？」

真木島聳了聳肩。

「喜歡上就輸了啊。我不會與紅葉姊為敵。」

「…………」

好一陣子，整間科學教室就只有冷氣運轉的聲音。窗外也傳來結束社團活動、正要離開學校的女學生們開心交談的聲音。

「咦！」

「呃，不用這麼驚訝吧。就算是我，也是有個真心喜歡的對象好嗎？」

這不是重點吧！

我懷著微妙的罪惡感，從真木島身上撇開視線說：

「我還以為你喜歡的是榎本同學……」

「為什麼會這樣想啊？我有說過我會支持小凜的戀情吧。」

「該怎麼說呢，我以為是那種因為喜歡而選擇退讓，為了讓自己死心而支持她戀情的那種複雜心境？」

真木島「呵」地嘲笑出聲。

「小夏啊。你比我想得還要戀愛腦耶。最近就連少女漫畫都不常看到這種劇情了喔。」

「少囉嗦啦！你那麼執著於這件事，我也只能想到這樣的可能性吧！」

真木島感覺很愉快地笑了笑。

他接著用扇子敲了敲手。

「我欠小凜的，是不同方面的事情。小夏沒必要知道。」

「呃，我也沒有想知道就是了……」

「你要是知道了，對小凜的印象恐怕會有大幅度的逆轉。因此唯獨這點，我沒辦法隨隨便便跟你說。」

「你到底想不想跟我說，乾脆一點吧！」

跟我說到這份上會讓人很在意耶！

這就是男人窺視了「白鶴報恩」時的心境嗎？當我感到有些無力的時候，真木島提高聲調地說道：

「所以說，小夏啊。你那邊進展得如何啊？」

「哪邊？什麼意思啊？」

「不不不，你別裝傻了。聽完我難為情的事情，自己卻不說，這樣不夠朋友吧？」

「不不不。不要把你自顧自說出來的事情，講得好像我很想聽一樣……」

他突然就搭上我的肩膀了。咦，幹嘛幹嘛？突然間距離也拉得太近了吧？我不太想跟一個大男人這麼親密耶。

這裡也就只有我們兩個人而已，真木島卻攤開扇子在我耳邊悄悄低語：

「你跟日葵親親究竟是怎麼回事呢？」

「噗呼啊！」

我驚呼出聲。

還不禁跌坐在地，像蜘蛛一樣手腳並用地逃離他的身邊。直到我的背「咚」地一聲撞上鐵櫃，放在裡面的器材也跟著「喀咚」地晃動了一下。

「我、我有說到那種程度嗎？」

「說得一清二楚呢。以後要跟花講話的時候，勸你還是多注意一下周遭有沒有人比較好。」

真木島發出「呵呵呵呵」這樣愉快的笑聲，還不斷拍打著扇子，朝我逼近過來。

當他的扇子直直戳上我的鼻頭時，背脊竄過了一陣冷顫。

「所以說呢？你告白了嗎？」

「不，並不是那樣……今天我們一起去採向日葵……但她一直莫名提起榎本同學，後來就突然……大概是這種感覺？」

「哦哦～？」

啊～真木島的眼睛都亮了起來。

這大概是不能跟他說的事情。算了，事到如今才發現也太遲就是了……

真木島唰地攤開扇子。做出莫名的招牌動作之後，他感覺相當痛快地放聲大笑起來。

「啊哈哈哈哈！這真是太棒了！紅葉姊在的這段時間，我還以為自己沒有登場的機會了，沒想到走到這一步，事情竟然變得這麼有趣。凡事都是在變化之中產生破綻的呢。」

「你也變得太朝氣蓬勃了……」

所謂如魚得水，應該就是指這種狀況吧……

「欸，真木島。你覺得日葵其實是怎麼看待我的啊……」

「誰知道啊。又不是會尿床的年紀，這點事情自己想吧。」

「好過分！」

真木島同學，再怎麼說你還是我的朋友吧？

見我一副快要哭出來的樣子，真木島感覺很嫌麻煩地嘆了一口氣。他用扇子的尖端抵上我的左邊胸口，並揚起一抹笑。

「無論如何，小夏也沒有機靈到，有辦法重回欺騙自己跟她是摯友什麼的那種校園生活了吧？既然如此，你現在光是臆測日葵真實的心意，應該也沒用才對？」

「…………」

他說得對……應該說，他輕輕鬆鬆就能將我打從心裡需要的話說出口。這就是真木島。

沒錯。對我來說，日葵真實的心意或許怎樣都好。我其實只是希望有人能在背後推我一把而已。

「真木島，謝謝你。」

「沒必要感謝我啦。反正不用過多久，我應該會氣到發狂吧。」

「……那個，真的拜託你手下留情。」

這傢伙在這方面的玩笑話，真的很難懂耶……不，他其實是認真的嗎？我已經搞不清楚了。

隨便啦。

真木島留下「那我走嘍」就回去之後，我自己一個人在科學教室陷入沉思。

話雖如此，還是該以跟紅葉學姊一決勝負這件事情為優先。要是沒有獲勝，無論如何都還是會失去日葵。

我能做的事情，就跟平常一樣。

只要做出最棒的飾品。僅此而已。

◇　◇　◇

就連在我們家這邊也很有名的馬渡煎餃！

這種煎餃的最大特色就是厚又Q彈有嚼勁的皮。把這個煎到酥酥脆脆地吃下去之後，就能享受到既酥脆又有嚼勁的極致雙重奏。餡料當然也很多汁，超好吃的。我也最喜歡吃這個了！

啊～我要吃嘍。嚼嚼嚼嚼。嚼嚼嚼嚼。嚼嚼嚼嚼。嚼嚼嚼嚼……嚼嚼嚼嚼……嚼嚼……嚼

嚼……嚼……嚼嚼……嚼……嚼……

「……日葵？」

「唔欸？」

媽媽感覺一臉不安地看著我。

她是個外表比我更接近外國人的冰山美人。雖然年紀都快半百了，但就算說她還沒三十五歲好像也會有人相信，可說是最強的裝年輕夫人。

這樣的媽媽，露出像是看到什麼令人毛骨悚然的東西般的眼神對著我說：

「……哥哥他們的煎餃，都快被妳吃光嘍。」

「唔欸？」

不不不，怎麼可能怎麼可能。

各位或許不知道，但在這附近大家可都說我：「就像妖精般可愛呢。」並誇讚不已喔。竟然說這樣的美少女會把全家人的煎餃都吃得精光，只會讓人想說這是不是違法了呢……哇啊，嚇我一跳！直到剛才還在眼前的煎餃山竟然不見了！

那些全都進到我的肚子裡了嗎？不會吧？我手中的筷子正夾著最後一個煎餃。媽媽用眼神向我強調：「妳要是吃掉那個，會被哥哥罵喔。」

於是我一口把煎餃吃掉了。嚼了嚼很Q彈的皮之後，迸發出肉的鮮味。煎餃超好吃。

「唔欸！」

表達出「我吃飽了」的意思，我就立刻站起身來。

並在要走出廚房的時候，豪邁地摔了一跤。媽媽在身後感覺目瞪口呆地看著我。為了逃離她的視線，我慌慌張張地手腳並用逃回房間。

總算抵達房間了。

我一飛撲到床上，就不斷地滾來滾去。

仰望有著漂亮木紋的天花板，我茫然地輕觸了自己的嘴唇。沒有戴頸飾的脖子感覺涼涼的。

「……唔欸。」

完了。

完了啦……

完、蛋、了、啦。

我趴了下來，並把臉猛地壓進枕頭。

「唔欸欸欸欸欸欸欸欸欸欸欸欸欸欸欸欸欸欸欸欸欸欸欸欸欸欸欸欸欸欸欸欸欸欸欸欸欸欸欸欸欸欸欸欸欸欸欸欸欸欸欸欸欸欸欸欸欸欸欸欸欸欸欸欸欸欸欸欸欸欸欸欸欸欸欸欸欸欸欸欸欸欸欸欸欸欸欸欸欸欸欸欸欸欸欸欸欸欸欸欸欸欸欸欸欸欸欸欸欸欸欸欸欸欸欸欸欸欸！」

這不是夢——！

既不是夢也不是在開玩笑——！

為什麼啊——!

我為什麼就這麼忍不住啊——!

都是悠宇不好嘛!難得兩個人一起出去玩,誰教他還一直想著榎榎。今天在他眼前的人是、我、耶!

無意間,我看到自己的手機。

啊,LINE有新訊息!會不會是悠宇傳LINE給我…………不是啊傳來好嗎~!這種時候更要傳LINE給我啊~!我現在不需要新貼圖的情報啦~~!

話雖如此,我最好是有辦法主動聯絡他啦~

是要用什麼臉傳訊息給他啊~說穿了,要傳什麼內容給他才好啊~「我的嘴唇跟煎餃的皮,哪個比較Q彈呢?」呃,白痴喔~~!哪個世界的女高中生會拿自己嘴唇的觸感跟餃子皮比較的啦~……

媽媽從房門外面對我怒吼:「日葵,妳吵死人了!」

我便消沉地安靜了下來。

但心情還是悶悶的,一點也不痛快。

(……絕對被他討厭了。)

這也是理所當然的吧。明知他喜歡其他女生,卻還強吻人家,真的就跟喪家犬一樣,也太不從容了。

而且，跟紅葉姊的那場決鬥也很危險。

怎麼辦？我這樣做應該給悠宇的心靈帶來很大的傷害。跟紅葉姊的決鬥就近在眼前，我竟然搞砸了這麼誇張的事……

要是被哥哥發現應該會殺了我吧。不過，算了啦。乾脆就這樣死一死好了。就在我人生達到最高峰的瞬間斷氣吧。然後世界會因為我這個美少女的死而感到惋惜，我的自傳會被改編成小說並爆紅。不但變成一種社會現象，改編成電影之後票房更是賺飽飽。但可惜的是，找不到比我還要可愛的女演員來飾演，可說是一大缺憾。不過，這也是無可厚非。這世上就是沒有任何人比我還要可愛呀噗哈哈哈哈哈！

……不是想這種蠢事的時候了。

當我這樣吐槽自己時，有人敲響了房門。

「日葵？妳醒著嗎？」

「唔欸啊！」

救命啊，才剛想到哥哥就來了！

他今天比平常還要早回來！我完全沒有做好心理準備！

大概是媽媽跟他說我今天感覺不太對勁，所以才來看看的吧。完了完了完了。不，如果好好

編個藉口……也不可能騙得過哥哥啦！

（如此一來……只能逃了！）

我從床上站起身，立刻就拿著手機跟錢包，並把手放上房間的窗戶。

今晚先找個地方躲起來吧……要躲去哪裡？悠宇家絕對不可能！榎榎家……最好是有辦法去啦，笨蛋～！

啊啊，隨便啦！總之先躲去麥當勞……

我一打開窗戶——

「日葵。妳是要去哪裡？」

「唔欸啊啊啊啊啊啊啊啊啊啊！」

不知為何哥哥就在窗戶外面啊——！

不是吧！他剛才還在反方向的房門外叫我耶！

我身體不禁往後仰，就這樣跌坐回房間。哥哥揚起溫柔的笑容，並直接進到我房裡……不，你從房門進來好嗎！

「日葵啊。怎麼了嗎？」

「唔、唔欸……」

「原來如此。今天去採向日葵的時候，一時對於悠宇曖昧不清的態度感到火大，於是在衝動驅使之下就親了他是吧？所以妳才在想，會因為這樣被我罵吧？」

他為什麼聽得懂啊！

哥哥今天應該沒有跟蹤我們一整天吧！

是說，已經沒救了。完了。既然被哥哥發現，我就會遭到抹殺。豈止沒有對於悠宇製作飾品的事業幫上忙，還動不動就像這樣引發一些多餘的問題。我身為悠宇事業夥伴的立場一定會遭到剝奪，然後被打包得漂漂亮亮地送去紅葉姊身邊……

在我渾身顫抖著靜候處分的時候，哥哥一臉嚴肅地陷入沉思。接著，他就「唔嗯……」地喃喃了一聲。

「算了，既然都搞砸了，那也沒轍。換個想法吧。」

「……唔欸？」

果斷被判處無罪，讓我驚訝地眨了眨眼。

哥哥也感到費解地歪過了頭。

「怎麼了？」

「唔、唔欸……」

「哈、哈、哈！沒這回事。妳能坦率地傳達出自己的心意，是值得誇獎的事情。不過妳的做法確實有點太強硬就是了。」

「唔欸……？」

……為什麼？這不可能啊。

是說，哥哥感覺心情超好的耶。他今天工作時是發生了什麼好事嗎？

哥哥一口潔白的牙齒亮了一下。

「說起來，就算妳被悠宇甩了，也不用擔心任何事情，只要由我代理妳的職責就行了。不會有任何問題！」

「唔欸啊啊……」

對耶。他就是個這樣的人。

哥哥拍了拍我的肩膀，溫柔地說：

「而且所謂創作，也是一面反映出創作者人生的鏡子。讓悠宇累積新的體驗，長遠看來也是一件好事。」

「唔、唔欸……」

他這麼說著，這次就從房門走出去了。

「好啦，那我也來吃晚餐吧。我一回到家裡就聞到一股煎餃的香氣，餓到快受不了了呢。哈、哈、哈！」

目送開心地笑著的哥哥離開之後，我再次倒回床上。

太、太好了。感覺是保住一條小命……了吧？

哎呀～人活著真是太美好了。這也是理所當然的嘛。要是這麼年輕就死掉還得了啊。就算票房賺得再多，我自己用不到也沒意義嘛！

既然如此，就得擬定一番計畫才行。不然再這樣下去，跟悠宇碰面也一樣會尷尬到不行！

我給自己這麼打氣之後，就坐到書桌前並打開筆記型電腦。嗯——總之先若無其事地確認悠宇的狀況，然後…………嗯～～？

我回頭看向剛才哥哥走出去的房門。

好像忘了什麼事…………啊，煎餃。

我立刻就把腳跨到剛才開著沒關上的窗戶。快逃吧。生存本能這麼警告我。但其實我也是心知肚明的。我知道自己不可能會成功逃離哥哥。

就在產生這個念頭的瞬間，我身後的房門再次打開了☆

♣ ♣ ♣

採完向日葵的隔天。

我一個人繼續待在科學教室進行作業。

我看了一下泡在乙醇裡的向日葵。狀況……說真的，我不知道。

好像覺得已經可以了，又似乎還不夠完善……煩死了，我不知道啦！與其說不知道，應該說從昨天開始腦海裡就一直浮現日葵的臉，讓我無法集中精神。

就算想傳LINE給她，也尷尬到傳不出去，何況她也沒有傳來任何聯繫。即使想乾脆一點劃分好情緒，不要去管日葵的回應，我的個性也沒有瀟灑到能這樣轉換心情。

不行，我要集中精神。加油啊，悠宇。你一定辦得到……

「小悠，午安。」

「哇啊——！」

是榎本同學。

她突然在我面前探出頭來，並迎面直直地注視著我。太可愛了吧。

「榎、榎本同學，午安。管樂社的練習呢？」

「現在是午休時間，所以我就過來看看了。」

「啊，抱、抱歉。這麼說來，妳有說過要一起吃飯對吧……」

榎本同學把便當放在桌上，並在另一側坐了下來。她仔細端詳著沉浸在器材當中的向日葵。

「哇啊，顏色都褪掉了……現在就要取出來了嗎？」

「我還在思考。就算表面上的成分褪掉了，也不知道是不是連芯的地方都有褪得澈底。要是在不上不下的狀態中進到下一步程序，完成之後也會出現瑕疵……」

榎本同學一邊「唔嗯唔嗯」地回應著，就在手機上做了筆記。

她還是一樣這麼認真……

「但在做鬱金香的時候，大概一天就拿出來了吧？」

「是沒錯啦。但要把向日葵做成永生花比較困難。」

「是喔？」

「花本身就太大了。花越大，想讓溶液完全滲透就需要更久的時間，話雖如此，在裡面泡到超出必要的時間也不太好。」

「哦～那的確很困難呢……」

她定睛依序觀察四朵向日葵。

「這些是你昨天跟小葵去採回來的嗎？」

聞言，我不禁緊張了一下。

但因為榎本同學一臉費解地看了過來，我便連忙為了蒙混過去而乾咳了兩聲。

「唔、嗯。在向日葵花田採的……」

「去跟小葵接吻，順便採回來的啊？」

「不，硬要說的話，是去採向日葵的時候順便跟日葵接吻……唔咕！」

我朝她瞄了一眼，只見榎本同學盯著我，並將紅茶的寶特瓶蓋轉開。

她面無表情地忽然就用手指架好寶特瓶蓋。我總覺得放在射出裝置似的彈額頭手勢上的瓶蓋，好像在對我揚起一抹壞笑。

然後瓶蓋就這麼氣勢十足地在食指的力道下彈飛過來！

「嘿！」

「好痛！」

寶特瓶的瓶蓋華麗地擊中了我的額頭。

因為她不是使出鐵爪功，害我一時疏忽了。而且在蛋糕店鍛鍊出來的力道也太不得了了吧？

我搓揉著被擊中的額頭，畏畏縮縮地問：

「……真木島跟妳說的吧？」

「嗯。」

那傢伙……算了，無須多言。我本來就知道真木島是這樣的傢伙，追根究柢也是因為我自己不小心講出來而被他聽到。

更重要的是，無論如何我本來就打算要跟榎本同學坦言這件事。包括我接下來打算要做的事情，全都會跟她說。

那個榎本同學用筷子戳起小番茄，放在半空中轉來轉去的。她的腳也搖晃著擺了擺，並重重地嘆了一口氣。

「我也好想去喔～這樣就不會被小葵搶先了……」

「……妳這樣講我很難接話耶。」

雖然覺得有點對不起她，但日葵要是在榎本同學在場的狀況下那樣歇斯底里，我也無能為力就是了。

「那個，榎本同學……」

「嗯？」

心跳聲有夠吵的。

我非常緊張地告訴她這件事情。

「我想明確地跟日葵坦白我的心情。」

「…………」

榎本同學還是跟平常一樣，一副好像有點不高興的表情。

我心跳飛快地等著她接話，結果她只是淡然地咬下了小番茄。

「我覺得可以啊。」

「咦，可以嗎？」

「我說不行比較好嗎？」

「啊，也不是。謝謝妳……」

咦～感覺超難應對欸。

這個女生有說過喜歡我對吧？可以嗎？真的可以喔？還是說，她其實早就對我沒感覺了呢？

我在這邊演獨角戲未免也太丟臉了？

當我這麼苦惱的時候，榎本同學「嘿」地笑了。

「因為，就算小悠跟小葵交往，也跟我沒關係啊。」

「咦，這是什麼意思？」

「我並不是因為小悠沒有在跟小葵交往才會喜歡你。即使你打從一開始就在跟小葵交往，我應該還是會向你告白喔。」

「…………」

這麼說來，榎本同學就是這樣的女生……

真希望她這顆鋼鐵般強悍的心靈可以分一點給我。

「我只要努力成為小葵最好的朋友，並在雙方都能接受的情況下，讓她把小悠交出來就行了。貫徹初衷。」

「那應該不叫朋友，而是階級關係的上繳制度吧……？」

榎本同學得意洋洋地挺起大胸部。

「透過分析小葵這個成功案例，就能讓我站上更高的境地。」

「什麼意思……？」

「這次的結果可以得知小悠是戀愛腦跟友情腦合而為一的類型。所以，我至今那樣發動倒追攻擊的方式是行不通的。為了攻略小悠的友情腦，往後我就必須以在『you』團隊裡開發出一個特別的立場為優先——」

「也太認真了！」

本來以為榎本同學是心靈太過堅強，難道她單純只是遇到逆境反而更有幹勁的類型嗎？雖然壓迫感很不得了，但她能當著本人的面如此宣言，真的相當可愛。

「那我要回去社團練習嘍。」

「好喔。練習加油。」

吃完便當之後，榎本同學便站起身來。

當她打開教室門的時候，就跟在走廊那邊正打算伸手開門的日葵碰個正著。

「…………」

「…………」

「…………」

天啊，氣氛也太沉重了！

完全遭到突擊。整間科學教室籠罩在一陣尷尬的沉默之中。

怎麼辦？呃，完全是出師不利的感覺。應該說，就算沒有碰上榎本同學，我也不覺得有辦法跟她好好對話耶。

「這是懲罰。」

在這狀況下，率先採取行動的人——是榎本同學。她的右手猛力地抓住日葵的頭。

在那瞬間，回響起一陣日葵難聽的哀嚎！

「姆嘎啊啊啊啊啊啊啊啊啊啊！」

就這樣在走廊上把日葵擊沉之後，她一副「又毀掉一個無聊的對手了啊……」的感覺拍了拍手。榎本同學像是從被附身的狀態恢復正常似的，面帶笑容說：「小悠，那我練習結束後再過來喔。」就瀟灑地離開了。

「…………」

不，我看榎本同學絕對是在生氣吧！

太好了，她不是用那招鐵爪功來攻擊我，真是太好了……！

「呃，日葵。妳沒事吧……？」

「怎、怎麼可能沒事啊～……榎榎今天絕對是認真的……我真的以為自己要死了……」

平常那樣竟然是手下留情嗎……

當我感受到絕非事不關己的恐懼感時，日葵也按著自己的頭走了進來。

「…………」

「…………」

然後就是一陣沉默。

多虧（？）了榎本同學讓氣氛緩和了一點，但我們之間依然覺得很尷尬。日葵那傢伙更是進來之後就都不跟我對上眼……是說，她做出這樣的反應，反而會讓我想太多耶。

即使如此，日葵還是看著裝了向日葵的器材，盡力想要表現得跟平常一樣。

「啊、啊哈哈～悠宇，看來你做得超級順利的嘛～如此一來想必能輕輕鬆鬆打敗紅葉姊吧……」

「那個啊，日葵。」

在她說出口之前，我就打斷了她的話。

日葵抖了一下，並乖乖地坐在椅子上。她緊咬著嘴唇，就像等著被罵似的靜待我說下去。

「我並不打算將昨天那件事當作沒發生過。」

「！」

她不禁繃緊身體。

等等……不會吧，她一副真的就快哭出來的樣子。這傢伙大概又產生奇怪的誤會了。從她的

表情看來，可能是在想：「要被宣告搭檔解散了嗎！」

我連忙說出先前就決定好要告訴她的話。

「所以說，就是……等我打敗紅葉學姊，有件事我想跟妳說。」

「…………」

我自己都覺得這樣講也太老套了……即使如此我也想不到其他說法。但像日葵這樣如此受歡迎的人，應該能察覺到這句話的意思才是。

她的臉突然一陣通紅，接著澈底撇開視線瞥向半空……最後才用雙手遮住嘴角，只悄聲地回應了一句：「……嗯。」

「…………」

「…………」

天啊，好尷尬！

也是啦。我又不是明確向她告白了，日葵也無從做出更多回應嘛。

都已經決定好要這麼說了，我卻完全忘記設想「說完之後」的事情。

要、要說什麼，呃，就是……啊啊算了啦。我這就把向日葵拿出來！

儘管內心慌張，我還是小心翼翼地打開器材。接著，便將浸泡在溶液裡的向日葵拿了出來。

就結果來說，這麼做是對的。

日葵的注意力也轉移到花上頭了。她仔細地端詳著，並向我問道：

「悠宇。你要把這個做成什麼？」

「…………」

我只隔了一拍，就向她答道：

「向日葵后冠。」

后冠。

主要是女性在做禮服打扮時，會戴在頭上的裝飾品。一如這樣的說明，后冠幾乎「只會在特別的場合」使用。

為了日葵而做的后冠。

若要給這個作品一個意義，就是……這樣的意思。然而即使是我這番太過沉重的提案，日葵也是有點開心地笑了。

「不錯嘛。」

這抹笑容讓我不禁覺得……遠比國中那場展覽時還更加可愛。

# IV Turning Point.「枯」

即使是花了三年的歲月才累積成戀情，也是會在轉瞬間失去。

如果我的人生是一部小說，或是一部電影——

那麼漸漸減少的頁數、剩下的放映時間，都會讓我明白正接近這段戀情的終點。在迎來高潮之前會有一段顯而易見的精彩劇情，也會事先埋下伏筆，暗示將面臨重大危機才是。

然而，這是現實。

人無法避免在毫無前兆的狀況下，迎來終結的命運。

那一天——距離跟紅葉學姊約定好的時間，只剩下三天的時候。

我們家的便利商店在盂蘭盆節假期也是照常營業，而且家人本來就是採放任主義。也不會因為放連假就特別跟家人團聚。

只是，盂蘭盆節假期待在家裡會很不自在。這也是因為嫁出去的兩個姊姊會以游擊戰形式來

襲，只要我待在家裡就會被她們碎唸個澈底。

再加上這段期間，學校完全不開放出入。

由於我也無法逃到科學教室，只好做足過夜準備，來到犬塚家避難。待在這裡我也比較能自由行動，更重要的是，不用擔心完成的后冠會遭到貓咪大福破壞。

若要說有什麼問題，那就是之前也有說過的，由於日葵跟父母一起出遠門了，這幾天我都是跟雲雀哥以及犬塚爺爺三人一起生活的狀態而已。

當然，他們兩位都對我很好。雖然很好，但真的希望他們可以不要每次都為了要讓我吃什麼東西而認真火拚起來……

總之，飾品的製作也完成了，接下來只要等紅葉學姊返鄉就好。

向日葵的后冠。

以做成向日葵葉子的部分為中心，傾注了我所有心血的后冠。左側則裝飾了一朵大大的向日葵永生花。

這肯定是我的最棒傑作。這想必贏得了。就算是紅葉學姊，應該也會感到心滿意足才是。成品美到連實際看過的雲雀哥也都掛保證。

那天晚上，雲雀哥回到家裡來了。

當他一衝進我借宿的客房時，就高舉起作為伴手禮帶回來的鯖魚押壽司給我看。

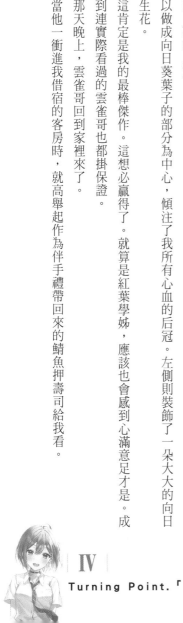

「嗨，悠宇！讓你久等了！」

「啊，歡迎回來。」

「哎呀哎呀，真是傷腦筋。明明是盂蘭盆節假期，卻要辦什麼國中同學會。真是的，家裡有悠宇在，我卻在那裡度過一段白費的時光。」

「應該說正因為是盂蘭盆節假期，才會舉辦同學會吧……？」

身為高中生的我，不太懂那方面的微妙之處，不過雲雀哥雖然嘴上這麼抱怨，看起來倒是玩得很開心。能跟老同學們碰面，或許確實是一件特別的事情。

雲雀哥心情很好地拿出整瓶威士忌，跟鯖魚壽司一起擺上桌。

「好了，那就來續攤吧！」

「壽司配威士忌口味會合嗎？」

「跟威士忌不合的料理才是少數。我現在就開始對悠宇成年的那一天期待不已了。我們一起去喝遍附近美味的居酒屋吧！」

「我像爸爸，因此酒量應該不太好喔……？」

一邊這麼說，我也將寶特瓶的茶倒進玻璃杯裡。

我們隨口聊了好一陣子。大概是受到同學會的影響，雲雀哥說了很多他學生時代的事情。最讓我感到意外的是他國中的時候一點也不受歡迎，不但向學妹告白之後被甩，還被同屆男學生四處宣揚，害他相當難為情。

「哦。我還以為雲雀哥從小就很受歡迎……」

「以前我是個愛講歪理的小鬼嘛。既然是在那個爺爺的教養下成長，這也是無可厚非，但同學們果然會不想靠近呢。」

「而你剛才卻參加了國中同學會嗎……？」

「現在倒是很要好喔。出社會之後，我因為工作上的關係而跟同學重逢。說來也很不可思議，人不過是因為相遇的時期不同，摯友也會變成勁敵。然而相反的情況也比比皆是。」

肚量這麼大的人，為什麼至今還會跟紅葉學姊處於敵對狀態呢？看樣子情愛糾葛的因緣是根深柢固的啊……

我們就這樣聊著聊著，雲雀哥忽然說道：

「對了。我好想看那個后冠啊。雖然捨不得拿來配酒，但有沒有大飽眼福又是另一回事了。」

「什麼？你之前不是才看過嗎……」

「哈、哈、哈。好東西當然會想多看幾次啊。而且你最近一直在想日葵，也還沒檢查對吧？」

「唔咕……」

雲雀哥的視線看向被我隨手放在房間角落、彙整了縣內遊樂活動的雜誌。內容網羅了暑假時期的活動等等，還有跟祭典相關的資訊。就鄉下地方來說，直到現在比起網路，其實這些雜誌提供的內容還更為豐富。

上頭更細心地用筆畫了「○」之類的標註，在在彰顯了我有多麼期待。

「這、這只是那個……因為之前一起去採向日葵的時候，我們約好要再找時間出去玩……」

「哈、哈、哈。沒什麼好隱瞞的。我全都聽日葵說嘍！」

「可惡，沒有任何可以保護個人隱私的方法……」

完全洩漏。完全被看透。

但我本來也不認為有辦法隱瞞到底，只是再怎麼說也都太快了吧？日葵小姐，妳究竟是表現出怎樣的態度，事情才會變成這樣啊？

當我獨自感到無力的時候，雲雀哥笑著拍拍我的肩膀。

「哎呀，這下子就真的是弟弟了啊。你要再更加向我這個哥哥撒嬌也沒問題喔。」

「太過歡迎反而很有壓力耶……」

難怪他最近心情會這麼好。

當我獨自覺得很想死的時候，他抓住我的肩膀猛搖起來。

「好了好了。我們就來為了總有一天要送給日葵的后冠乾杯吧。總有一天！是日葵的！預計要在！人生的大日子戴上的！向日葵后冠！」

「壓迫感也太驚人了！而且真的拜託你不要用那種說法好嗎！」

也太心急了吧……不不不，確實是這種意思沒錯，但拜託不要說出來好嗎？難道這個人覺得對一個正值青春期的男生說這種話也沒關係嗎……

我取出收著后冠的盒子之後，就將蓋子打開。

接著朝著裡頭一看……不禁倒抽一口氣。

向日葵已經變色枯萎了。

雲雀哥也察覺到這件事情。

他完全收斂起直到剛才還是一副醉鬼模式的態度，一臉認真地問：

「悠宇，這是怎麼回事？」

「這、這是，呃……」

為什麼？

為什麼會變成這樣？

我用幾乎要變成一片空白的腦袋盡全力思考。

是誰破壞的嗎？不，看起來並沒有被拔掉什麼東西，或是被剪碎之類。這並不是經由人手造成的結果……而是自然引起的。

花枯萎了。也就是指，花的內部失去水分，開始枯死的狀態。永生花說穿了就是將花保存在假死狀態。所以總有一天還是會變成這樣。

但是，這也太快了。完成之後還過不到一個星期。

為了保濕，花的內部充滿了溶液。這不是一下子就會流掉的東西。

然而現狀卻是流失了水分，這就代表……在吸取溶液之前的初期處置階段，花的脫水過程做得不夠完善。

花的水分跟溶液之間的關係，本來就像大風吹一樣。

大概就像先將原本的水分從椅子上趕走，再讓溶液坐上去的感覺。要是原本的水分沒有脫乾，溶液就無法完全滲透。而且留在內部的水分……只要沒有補給，馬上就會流失了。

是我誤判了將向日葵從脫水用溶液中取出的時機。

為什麼？脫水那個階段我是做了什……啊啊！

「悠宇，你怎麼了？」

「…………」

我答不出來。

沒錯。我將花從脫水用的溶液中取出那時——正是跟日葵約好那件事的時候。

『……啊啊算了啦。我這就把向日葵拿出來！』

那時我忍受不了跟日葵共處在沉默的氣氛之中，不禁就將注意力轉移到處理向日葵的作業上，蒙混過去。至於脫水的程度……其實滿微妙的。看來是那時內部的水分還沒完全脫乾。

雲雀哥一臉嚴肅地問：

「悠宇。這有辦法修復嗎？」

「這已經沒辦法了。這朵花現在已經沒有吸取保濕溶液的氣力了。是可以只將外觀調整好，但無論如何品質都會顯得低劣……」

「備用品呢？」

「除了這個以外還有三個，當中兩個拿來試作了……還有一個放在家裡，但那也是同時取出來的……大概無法拿來使用。」

我搞砸了。

如果擔心發生這種事情，備用花浸泡溶液的時間長度應該要有所不同才對。我卻一心只想著要完成這個飾品，忘了事先設想好這樣的事態。虧我那時還跟榎本同學說明了處理向日葵的難度

有多高……

若是從現在開始重新製作永生花，時間還來得及嗎？說真的，我沒什麼把握。如果把目標放在只要讓當天的狀態夠漂亮就好，或許還有可能……

「悠宇！我這就去開車，馬上回你家確認備用品的狀態吧。不能用的話，就去鮮花店一間一間問……」

「不行啦，雲雀哥你有喝酒！」

「啊！糟、糟啦——！」

當雲雀哥在叫計程車的時候，我只能沒出息地緊握拳頭而已。

腦袋的一隅其實早已明白了。

這場決鬥恐怕是……已經來不及了。

# V

# 「永不分離」for Flag 3.

三天後的早晨。

我從修羅場回來了。

我在附近的鮮花店買了向日葵，急就章地加工成永生花。這次的花尺寸比較小，因此后冠的部分也重做了一個新的。

到了昨天，盂蘭盆節假期結束時，日葵也回來了。

「悠宇，你在做什麼？」我們從最近已經很習慣的問句開始吵嘴，接著發生了一些事情，但雲雀哥也替我們仲裁了。昨晚舟車勞頓，應該很累才對，他卻一直陪著我。

「……好。總算是完成了。」

我大大嘆了一口氣。

向日葵的后冠。雖然還比不上三天前那個最棒的傑作，但是我覺得應該是有做出足以販售的

品質……

障子窗門的另一頭，已經散發出淡淡亮光……呃，嚇死我了！日葵的雙手掛在我的肩膀上，就這樣睡著了。

她似乎是跟平常一樣抱著我的脖子看我做事。我專注於飾品的最後調整，完全沒有發現。難怪肩膀會這麼痠痛……

（……但是，現在這樣就會讓人想起那個吻。）

她柔順的髮絲貼在我的臉頰上。睡覺時溫熱的吐息撫過我的脖子，而伴隨著呼吸節奏，日葵的胸部就會在背後壓上來……救命啊。我開始覺得超緊張。

當我想著「咦，這是要怎麼辦？不把日葵推開我也動彈不得。但反正飾品也做完了，就算再維持一下這個姿勢……」這樣邪惡的念頭時，紙門應聲開啟。

「悠宇，我要進來嘍……哎呀？」

是雲雀哥。我就連想著「啊，糟糕」的時間也沒有，他就已經拿著放了飯糰跟茶的托盤走了進來。

看見我們這樣的姿勢，雲雀哥微微一笑。

「要把日葵的手臂加工成圍巾帶回家嗎？」

「不要啊好可怕！你到底是怎麼想的，才會說出這種話啊？」

「哈、哈、哈。我開玩笑的。因為你們兩個太耀眼了，害我忍不住欺負了一下。」

太難懂了！

是說，雲雀哥的眼睛下方有淡淡一層黑眼圈，他大概也都沒有睡，在等我完成吧。這個舉動真的非常體貼，但睡眠不足的雲雀哥玩笑話內容實在太過危險。

由於我吐槽他的聲音，讓日葵也醒了過來。

「嗯啊……啊，早安。」

「早、早安……」

就算嘴角流出來的口水弄濕了我的衣領，剛睡醒的美少女今天也是超絕可愛。

日葵眨了眨眼之後，就動作輕盈地站起來。她拉開障子窗門，眺望著窗外遠方並打了一個呵欠。看來她沒有起床氣。

「哎呀～昨天久違補給到悠宇成分，不小心就睡著了呢～」

「什麼叫悠宇成分啊？拜託妳不要擅自做出那種奇怪的成分好嗎？」

「才不是奇怪的成分呢～哥哥也常會這樣說啊。」

「雲雀哥！」

雲雀哥用爽朗的笑容帶過這個話題，將放著飯糰的托盤擺到桌子上。

「怎麼樣，可以給我看看成果嗎？」

「啊，好的！」

我將剛才完成的后冠遞到雲雀哥的眼前。

日葵也湊過來一起看。

「哦～不錯嘛！超可愛的耶。」

「謝、謝啦……」

這讓我不禁感到害臊。

日葵接著轉而想得到雲雀哥的同意。

「對吧，哥哥！」

「…………」

嗯？

雲雀哥一臉嚴肅的表情，直直注視著后冠。

「雲雀哥，該不會是有哪裡做得不好……？」

「啊，不，我沒有這個意思。」

這麼說著，他便微微笑了笑。

「『我』認為這是個好作品。真虧你有辦法在這三天內挽回到這個程度。我想紅葉應該也會認同才是。」

他的說法讓我覺得有些在意。

不過，雲雀哥不會說謊。我只要相信他說的這句話就好。

「那就差不多該準備出門了。紅葉應該是搭昨天的飛機回來了。」

我們點了點頭，將后冠收進盒子裡。

換好衣服之後，便搭雲雀哥的車子出發。

途中經過榎本同學家。在那裡接了榎本同學之後，她感覺意志高昂地宣言：

「我今天一定要抓到姊姊。」

「榎本同學。妳拿那麼大的包包，裡面是裝了什麼啊？」

她正抱著一個跟她的形象不太符合、感覺很粗獷的後背包。

榎本同學「欸嘿」地笑了笑，用非常可愛的感覺回答：

「這是祕密喔。」

「是、是喔。嗯，如果可以抓到她就好了呢……」

我好像從拉鍊的縫隙間，看到有個像粗鎖鏈的東西耶。

咦，沒問題嗎？真的可以就這樣載她去我家嗎？會不會鬧上警局？

當我不禁顫抖起來時，也看到我們家的便利商店了。

……約好的這一天，終於到來。

♣ ♣ ♣

抵達我家的時候，時間是早上九點。

紅葉學姊已經起床，正在我們家客廳優雅地跟咲姊喝著紅茶。當我們一進到客廳，她就用滿臉笑容迎接我們。

「啊！悠悠、日葵，你們早啊～☆」

「早、早安。」

她感覺情緒非常高昂地朝我們揮了揮手。

正當我想著還真沒有緊張感的時候，紅葉學姊的身體突然就被鎖鏈一圈又一圈地綁住了。在她身後的榎本同學喀嚓一聲就上了鎖。

維持著這個狀態，她便將人拖著走。

「姊姊。我們回家吧。」

「等等，凜音～！妳不要這麼粗魯啦～！」

「少囉嗦。誰教姊姊每當我一個不注意就會趁機逃走。我今天一定要把妳帶到媽媽面前給她罵一頓。」

「媽媽有原諒我吧～！」

「她只是都逮不到姊姊，放棄了而已。」

榎本同學走到客廳的出口，面向著我們。

她低頭致意。

「打擾了。」

這麼說著就離開客廳……呃，等等！

「榎本同學，等一下等一下！」

「……唔。」

太危險，太危險了。

睡眠不足讓我的判斷力也跟著下降，差點就要這樣目送她們離開了。最終魔王突然就被家人帶著退場是怎麼回事啊？

「那個，榎本同學。呃，我也有事情想要跟紅葉學姊談談。妳可以在那之後再把她帶走嗎……」

「……既然小悠都這樣說了。」

紅葉學姊在身上依然綁著鎖鏈的狀態下，被帶到沙發上坐好。

咦，這是什麼狀況？這時要是爸爸媽媽回到家裡，肯定會造成奇怪的誤會耶……

然而那個當事人紅葉學姊卻完全不放在心上似的，笑咪咪地說：

「那麼，就讓我看看悠悠做的飾品吧～♪」

「好、好的。請多指教。」

超緊張。一旦到了這個當下，果然連手都會不禁顫抖。

我打開盒子，取出向日葵后冠，並相當謹慎地放在紅葉學姊眼前的桌子上。

榎本同學先「呼」地嘆了一口氣。

「做得真可愛。」

「謝、謝謝。」

在眾目睽睽之下受人這樣稱讚，害我不知道該做何反應才好……而且為什麼日葵要一臉得意的樣子啊？要是對此做出反應感覺只會讓狀況惡化，我絕對什麼話都不會說喔。

「…………」

咲姊則是跟平常一樣，一邊吃著PORIPPY一邊沉默地注視著我們而已。

雲雀哥也是……嗯？為什麼雲雀哥感覺很緊張地看著咲姊啊？雖然有點在意這件事情，但現在就先別管了。

總之，現在最重要的是紅葉學姊的反應……

「哇啊～好可愛喔～比ＩＧ上看到的還做得更精緻耶～♪」

……咦？

比我想像中更加……不，我甚至從沒想像過，她會這樣露出滿臉笑容看著后冠。

「這該不會是婚禮后冠吧～？向日葵很搶眼，真的很時尚呢～后冠本身雖然比較低調，但做工相當精緻呢～嗯嗯，我覺得很棒喔～♪」

她毫無顧慮地誇讚了一番。

這種不包含惡意的反應，反而會讓我懷疑是不是還有什麼隱情。日葵跟榎本同學也都是一臉茫然的樣子。

「那個，妳真的這麼想嗎？」

「咦～當然啊～可愛的東西就是可愛嘛～我也好想要喔～這會做成商品進行販售嗎～？」

我說不出下一句話。

這整件事很快就閉幕了。我在這三個星期想了那麼多是為了什麼？不，換個正面一點的想法，正是經歷那麼多苦惱，才能得到這個結果吧？

但是，總之能給她帶來不錯的印象，我也鬆了一口氣。

贏下這場決鬥的話，她就會放棄帶走日葵。我喘口氣，便向紅葉學姊確認道：

「那是不是就代表我獲勝了呢……？」

「嗯～？這就不一定嘍～？」

她這麼說，讓我焦急不已。

這個答覆太莫名了。紅葉學姊明明喜歡，卻不能就此定下勝負？

日葵跟榎本同學也一樣覺得無法理解。兩人面面相覷地說著「什麼意思？」、「我也不知道」這樣的對話。

就只有雲雀哥像是察覺原因似的悄悄嘖了一聲。看到他這個反應，開始讓我的心覺得忐忑不安。

像是要肯定我這樣不祥的預感，紅葉學姊裝模作樣地交叉了雙臂。

也就是……「×」。

紅葉學姊用那副不變的笑容，高聲宣言：

「雖然很可愛，但你還是輸嘍～♪」

「什……！」

我不禁放聲問道：

「難道不管我做出什麼，妳都沒打算讓我贏嗎！」

「我才不會做出那種卑鄙的事呢～要是悠悠能做出好作品的話，我本來就打算放棄日葵啊～」

「那又是為什麼……？」

聽我這麼問，紅葉學姊揚起微笑。

那是一點也沒有改變的……冰冷人偶般的笑容。

「這還用問嗎～？這次一決勝負的條件是『讓我見識悠悠拚盡全力完成的作品』。然而你竟然想拿『失敗品』蒙混過去，我覺得你才是哪裡不對勁吧～？」

「沒、沒這回事！我總是盡全力在製作飾品……」

紅葉學姊嘆了一口氣。

「那你為什麼拿了『第二個飾品』過來呢～？」

「……唔！」

我不禁語塞。

她的態度相當肯定。不，就算要在這個狀況下補救也沒有任何意義。紅葉學姊很明顯就是抱持「某種確信」才這麼說的。

「為、為什麼……？」

「我知道向日葵枯萎了喔～因為『咲良跟我說了』嘛～♪」

……啊？

若無其事地揭曉的事實，讓我一時說不出話來。

而且告訴她向日葵枯萎這件事的咲姊，現在還是神態自若地吃著PORIPPY。她只是看了我一

眼，什麼話都沒說就回頭面向電視。

紅葉學姊冷漠的視線刺痛著我。

「悠悠，你是想騙我對吧～？」

「我、我不是這個意思……」

「那你為什麼不老實說，最美的那朵向日葵枯萎了呢～？」

「呃，可是……只要趕得上一決勝負的……」

「只要趕得上……就怎樣？」

「……唔！」

我現在正想脫口說出什麼？

比起紅葉學姊的追問，我更對自己差點脫口的話感到錯愕。

——反正只要趕得上一決勝負的期限，哪個都好吧。

深深嚥下的這句話，如同「楔子」般刺入我的體內。

它無法消融，在我心裡變成一個重錘。

紅葉學姊的注意力已經從我身上移開了。她看向雲雀哥，「呵」地嘲笑了一聲。

「聽說雲雀這麼推，我還很期待～真是失望透頂～」

「…………」

剛才一直沉默地在一旁看著的雲雀哥不禁緊咬嘴唇。

這反應在在顯示他無法做出反駁。不，更重要的是……竟然讓那個自尊心強得跟鬼一樣的雲雀哥露出這樣的表情，更是讓我難受不已。

紅葉學姊一副像是談完了一樣，轉而看向榎本同學。

「凜音，我們回家吧～久違地回去看看媽媽好了～」

「……嗯。」

她在被榎本同學拖著要走出客廳的時候，朝日葵的方向看了一眼。接著用相當華美的笑容對著她說：

「那麼，日葵。關於今後的事情，我晚點再用LINE傳給妳喔～♪」

「紅、紅葉姊！我……！」

然而，她光是瞪了一眼，就讓日葵閉上了嘴。

「要是這麼不死心，會讓妳的可愛蒙上一層陰影喔～」

「……唔！」

被沉默的榎本同學使勁拖著，紅葉學姊說著：「掰掰～」就離開了。

♣ ♣ ♣

客廳籠罩在一陣沉默之中。

我們的視線都傾注在咲姊身上。

但咲姊只是在沙發上蹺著腳，接著倒了一大口PORIPPY塞進嘴裡。當她一邊咀嚼的時候，朝我瞥了一眼。

在她吞嚥下去之後，便嘆了一口氣。

「你好像有話想說喔？」

「……妳為什麼要跟紅葉學姊說最美的向日葵枯萎的事？」

日葵這時回過神來，她很難得地衝著咲姊說：

「就是說啊！咲良姊，妳不是支持悠宇的嗎？」

但是，咲姊依然是絲毫不放在心上的樣子。

「可別誤會了。我支持的不是蠢弟弟，而是日葵好嗎？」

「呃，我嗎……？」

咲姊明確地點了點頭。

「因為蠢弟弟『掌握了日葵的人生』，所以我才會跟他說至少要好好去做。既然蠢弟弟不再那麼真摯地面對飾品，那麼趕緊抽身才是為妳著想。」

這句話明顯就是對我的侮辱。

「咲姊。妳的意思是我對待飾品不真摯嗎……？」

咲姊從口袋裡拿出一個飾品盒。

她放在桌上，並打開蓋子。裡面放的是……我做的飾品？

「蠢弟弟。你記得這個嗎？」

……我記得。

這是上個月……在學校引起的那場飾品騷動中，我做的其中一個飾品。給學校學生特製的飾品。這為什麼會在咲姊手上呢？

「我那個時候為了說明關於『you』的金流問題，而被叫去學校。」

「……這麼說來，好像是有聽說這件事。」

那是學生向我買了飾品之後，家長跑來客訴的事情。當我因此被老師叫去的時候，負責升學指導的笹木老師有說過這件事。在那之後咲姊都沒有跟我說過什麼，我以為已經沒問題了。

「是、是老師在那個時候跟妳說了什麼嗎……？」

「並沒有什麼問題。笹木老師是能溝通的人，金流方面並沒有什麼特別要咎責的地方……只

是，除了這個飾品之外。」

「這個飾品有什麼問題嗎……？」

「你仔細看看。」

咲姊用手指敲了敲桌面。

那是個髮飾。就像之前做給榎本同學的鬱金香那樣，是搭配永生花做成的飾品。

「……啊！」

花枯萎了。

發生了跟三天前的向日葵一樣的現象。

「跟這個有一樣問題的作品還有兩個。另一個則是花瓣裂開了。你能明白這代表什麼意思吧？」

「…………」

在我說不出話來的時候，咲姊繼續說道：

「你還記得四月那時的事情嗎？我要你以下一個階段為目標，去做一個『戀愛』的飾品。」

「我還記得……」

是幫榎本同學修理曇花手環那天的事。因為我的飾品回頭客很少，因此咲姊給了我這樣的課題。這也成了我替榎本同學製作鬱金香髮飾的契機。

「我知道你有照著自己的方式，去努力面對我交付的課題。而且也找到向上努力的目標了。但是，也因為這樣暴露了一件事情。你這個人根本就『不適合成為創作者』。」

咲姊站起身來。

客廳的一隅，放了一個紙箱。她將整箱抱了過來，放在桌上打開。朝了裡頭一看，我們都大吃一驚。

「這些……全都是我做的飾品……？」

滿滿都是我至今製作過的飾品……當中甚至有在那場國中校慶上販售的東西。

她一個個拿出來擺在桌上。飾品盒上貼了年月的標籤。那是我販售每一個飾品的時期。

「你至今販售的飾品，從來沒有出現任何一個瑕疵品。當然，我也沒有全數掌握賣給其他客人的東西，所以無法斷言絕對沒有就是了。但是，這麼多個樣品當中，沒有任何瑕疵品也是不爭的事實。」

她用手指敲了敲一字排開的飾品其中一個地方。

那是今年……四月。

「自從我給出課題之後過了四個月，在這段期間就出現了四個瑕疵品。而且還是特製品。這些過去做的作品跟特製品之間，有什麼差異嗎？」

聽她這麼問，我也開始思考。不，其實也沒什麼好思索的。

這完全不是出自技術或使用之零件的問題。也不是因為有仔細聽客人詳述之類的關係。問題在於我這段期間的精神狀態。

光是對於日葵的心意就讓我應付不來，注意力都被分散掉了。簡單來說就是傾注在個人生活的精力太多，而對工作造成負面的影響。

「你至今有辦法表現出跟創作者一樣的能力，是因為沒有其他可以讓你熱衷的選項。只不過是在戀愛方面分了點心思，就足以讓你的注意力降低到這種程度，就是最明顯的證據了。」

「咲姊，妳先等一下。成品最美的這個后冠確實是在製作階段失敗了。但是，我還是像這樣拚命趕上期限。紅葉學姊也說做得很可愛……」

咲姊嘆了一大口氣，打斷我說的話。

「你啊，是個會因為這種他人的評價就感到滿足的類型嗎？」

「……唔！」

她拿起桌上的后冠。

「向日葵后冠。我也覺得很棒。這是傾注了『我只看著你』這份心意的婚禮飾品，確實是個相當傑出的點子。」

接著，她眼神銳利地朝我看了過來。

「但如果這真的是婚禮要用的訂單，你該怎麼辦？」

聽她這麼說，我倒抽了一口氣。

「婚禮是一生一次的大日子。新娘下定決心決定了命中注定的對象。並以最美的主角之姿，站在支持著自己這段人生的家人及朋友面前……而你真的有辦法將這個『勉強趕出來的后冠』，交到這樣的客戶手上嗎？」

咲姊輕輕沿著后冠的輪廓撫摸過去。

「你至今做過的那些飾品，全都能看得出你是拚盡全力。在技術層面看來，確實是還不及這個后冠。但是，只要還有時間，你都會盡全力去讓一個作品更臻完美。而這個后冠，真的可以說是你盡全力去完成的作品嗎？」

「…………」

沒辦法。

這個后冠是因為最美的那頂后冠的花枯萎了，才準備的「替代品」。

這個替代品的向日葵遠比在向日葵花田中採到的還要小很多。因此整個后冠本身也比設想好的尺寸還要小。與此同時……也缺乏了一些視覺衝擊。這同時也是造成魅力不足這個致命性缺點的原因。

婚禮后冠有個大前提是會在一個寬闊空間使用。為了讓坐在後方的賓客都能看見，我才會選擇了大的向日葵。既然沒有達成這個大前提，那這頂后冠就算被說是「失敗作」也無可厚非。

「就連賭上你們的夢想，且僅只一次機會的決鬥，你都沒辦法真摯地面對飾品。你該不會真的以為紅葉會妥協吧？跟國中時相比，現在的你是否覺得被人溫柔以待是理所當然的啊？」

她將那頂向日葵后冠擺到我的眼前。

就像要我認清因為戀愛而分心的罪過一般，她煩躁地用手指敲了敲桌子。

「你應該很清楚，施了太多肥料的花會枯萎。如果你還想當個創作者，就快捨棄那種只會撒嬌的心情吧。如果你想以戀愛為優先，那就不要把其他人（客人）牽扯進來。」

那道冷漠的目光，直直震懾著我。

咲姊說的話總是對的。

而我總是會敗給她的正確思維——這次也不例外。

「明知會抑制彼此的成長卻還想待在一起，那就不叫命運共同體（摯友），而是兩敗俱傷（自我中心）。你就為了將這『青春家家酒』的后冠拿到『談生意』的檯面上而感到羞恥吧。」

這麼說完，咲姊就離開客廳了。接著傳來她走上樓梯的聲音，以及將房門關上的聲音。咲姊才剛大夜班下班而已，等一下想必會直接睡到今天的上班時間為止吧。對我來說如此重要的一件事情，對咲姊而言也只是這種程度的插曲而已。

在恢復一片寂靜的家裡，我茫然自失地待在原地。

……這並不是因為咲姊的這一番話令我感到意外。而是因為她全都說對了。

我隱約有感覺到——卻因為仰賴著對日葵抱持的情愫，以及雲雀哥他們對我的鼓勵，而不去面對。這一切是如此輕易地暴露出來。

看到雲雀哥一臉過意不去，也讓我覺得很痛心。雲雀哥沒有錯。有錯的人分明是我。

當日葵要被雲雀哥帶回家的時候，忽然回過頭來。

「欸，悠宇……」

「日葵。」

我打斷她的話。

日葵應該是想安慰我吧。然而那會讓我無法承受。

「在做這個后冠之前跟妳說的那件事……抱歉，妳忘了吧。」

日葵的表情在一瞬間因為悲傷而扭曲。

我再也沒有多說什麼。日葵就這樣被雲雀哥帶著離開，整個客廳就只剩下我一個人。我拿起那頂后冠上的向日葵……並靜靜地捏碎了。

◇◇◇

在那隔天。熱到好像快被煮熟一樣的午後。

我來到位於AEON附近的Ann Coffee Bake。這裡有著美式風格的裝潢，以及口味道地的美味漢堡。這是一間能夠享受這麼舒適的咖啡廳環境，讓人覺得開在這個鄉下地方有點可惜的正宗麵包店。

把我找來這裡的人，就坐在店內中央那張六人座桌席的正中間。

我們學校輕浮到不能再輕浮的輕浮男代表——真木島同學。

他穿著一件素色T恤，再配上一件感覺很休閒的襯衫。褲子是七分牛仔褲……看來他今天沒去參加社團活動。

真木島同學已經先點了一份漢堡吃了起來。當我在對面的座位坐下時，他就像在說「妳果然來啦」似的，露出令人火大的笑容。

「有什麼事？」

「啊哈哈。妳開始連表面工夫都不裝了呢。」

「說真的，我現在忙到連陪你吵這種事情都嫌麻煩。竟然打到我們家裡的電話來找我，到底是有什麼事？」

「很忙？喔喔，也是呢。畢竟妳得準備去東京了嘛？」

……我朝他擺出一臉煩躁的表情之後，只見他聳了聳肩，像是在說「開個玩笑」似的。他將菜單遞到我面前，催促我點餐。

「我請客。三明治套餐雖然是每週輪替不同口味，但都很好吃喔。飲料的話我推薦拿鐵、特製薑汁汽水，不然就是糖漬檸檬水吧。」

「……那我點冰拿鐵就好。」

真木島同學喝了一口自己的薑汁汽水。

「既然是日葵，一定是在想有沒有什麼辦法可以不用去東京……或是去了之後要怎麼逃回來之類的吧？」

「……對啊。」

對這傢伙撒謊沒有意義。

反正馬上就會被他看穿……應該說，就算被他看穿也無所謂。

「我不會讓你隨心所欲。」

「什麼意思？妳有聽小夏說了吧？這次我沒有干涉任何事情喔。」

「就算你對我說謊也沒有意義。不好意思，我可不像悠宇那樣把你當朋友看待。」

「這是真的。我不會要妳相信我，但也不用像這樣遇到任何事情都把我當壞人吧。」

好意思講這種話……

當我們說著這些事情時，冰拿鐵也送來了。我輕輕含住吸管，試著喝了一小口。苦味跟甜味取得絕妙的平衡。

「天啊，好好喝……」

「對吧？我偶爾也是會說些對日葵有利的事情。」

因為這種事情而露出贏了一局似的那抹笑容，讓人有夠不爽。

真木島同學張大了嘴，一口咬下比速食店還要大上一圈的漢堡。

他一副吃得津津有味的樣子，並舔了一下沾到嘴邊的醬汁。

「『接下來』才是我所圖謀的事情。」

「…………？」

見我皺起眉間，真木島同學快活地說：

「日葵。妳就乖乖進到紅葉姊的經紀公司，在那個圈子裡朝著高處邁進吧。」

「…………你說這話是認真的？」

真木島同學伸手到胸前的口袋拿出扇子……不，他的手中沒有拿出任何東西。因為是便服，所以並沒有放扇子的樣子。

他在覺得有些難為情之後，只是用手做出搧扇子的動作就結束了。這傢伙也太丟臉……

「認真啊。超認真。我的意思是，反正妳也無法逃離紅葉姊了，乾脆把這些心思全都活用在積極正面的地方比較好。」

「你又沒有跟她聯手，還特地想博取紅葉姊的好感嗎？這麼說來，你以前就很仰慕紅葉姊吧。看來你也有純情的一面呢？」

「啊哈哈。隨便妳怎麼說。但不好意思，我可不像妳一樣會對自己的戀情感到內疚。」

「……不好意思，對我來說實現跟悠宇之間的約定才是最重要的事情。當然這也會牽扯到資金之類的問題，並不是那麼簡單，但我絕對不會放棄。」

真木島同學陷入好一陣子的沉默之中。

那雙混濁的眼睛直直注視著我。最後他總算喃喃說著：「這樣啊。」並再次攤開……做出像是攤開扇子的動作遮住嘴邊。

「如果妳真的這樣想，那我就更無法理解了。既然是為了小夏著想，妳又為什麼不答應紅葉姊的邀請呢？」

「……什麼意思？」

他大嘆一口氣。

接著用一副就連要解釋都很麻煩的感覺，聳了聳肩。

「以宣傳小夏製作的飾品這個目的來說，應該沒有什麼會比紅葉姊來挖角妳，更接近勝利的手段了吧。如果妳要貫徹這場『青春家家酒』，不覺得拒絕紅葉姊的邀請是一件很奇怪的事情嗎？」

「……！」

終於被人直指核心。

我回想起第一次跟悠宇聯手的那場國中校慶。

悠宇的飾品在我的協助之下全數賣完了……騙人的。實際提供協助的並不是我，而是「紅葉姊」。

要不是有紅葉姊的宣傳，一個默默無名的國中生原創飾品本來就不可能賣得完。

成為高中生之後過了一年多的現在，我也在做跟紅葉姊一樣的事情。以自己為模特兒，在社群平台宣傳飾品。

但是，至今都不曾達成像那樣爆炸性的銷售成績。跟國中那時相比，飾品明明就越做越有魅力，卻還是遠遠不及只不過在那麼一天發了照片貼文的紅葉姊。

我跟紅葉姊的相異之處，唯有一點。

「模特兒知名度的差距」。

像是搞笑藝人之類的，出版小說並創下暢銷紀錄這種事情並不少見。

他們本來就是靠著做出自創的東西為業的人。故事的品質當然也很好，但不見得光是如此就會暢銷。這時必要的關鍵就是「本人的知名度」。

「流行跟風」這個詞早已滲透在生活之中。而利用的正是「凡是名人推薦的東西就一定是好東西」這樣的心理。拿這個當銷售策略，並沒有任何不對的地方。

如果我想成為足以媲美紅葉姊的模特兒……那直接拜她為師就是最好的方式。就連小孩子都能明白這樣的理論。

真木島同學伸出手指做出像是拿著扇子直指我下巴的動作。

「日葵的優點就是可愛。但是，『能將這一點鍛鍊到純熟的戰場並不是這裡』。若想學習如何正確利用自己的可愛，妳就該『裝作答應』紅葉姊的邀請。妳應該很會利用他人得到自身利益才是吧？」

「但、但我還得協助悠宇製作飾品……」

「那只要利用小凜不就得了。她能處理事務方面的事情，以素質來說，作為試戴小夏新作品的ＩＧ模特兒也相當夠格了。何況她還有黃金週時那則ＩＧ貼文的實績。」

「…………」

我一語不發。

就邏輯來說，他的這番話無懈可擊。他恐怕就是為了這個瞬間，精心地從五月開始就透過一連串的事件進行驗證。此時在我眼前的，就是這樣的男人。

真木島同學為了緩和現在緊繃的氣氛，刻意開朗地笑了笑。

「啊哈哈。我可不是要妳把小夏讓給小凜。我的意思是在妳得到『專屬自己的武器』之前，『借放』在她那裡而已。妳不覺得與其到時候看他被來路不明的人搶走，明確有個所在地還比較

安心嗎？」

在我做出回應之前，他就用尖銳的語氣說：

「我平常不就說了。你們三十歲之前先實現開店的目標，接下來再培養感情就好。而且你們打從一開始的計畫就是這樣，那應該也沒有任何問題才是。」

這句話是最後一招攻擊。

這既是我跟悠宇這段關係最大的強項……卻也是最大的弱點。

「你們之間『要是真的有這道羈絆』，分隔兩地幾年應該也不成問題吧？這跟《週刊少年Jump》的人氣漫畫中，必備的修行橋段是一樣的道理。」

真正的羈絆。

這句話朝著我的腦袋送上一記重擊。腦海中浮現的是悠宇給我的那個鵝掌草戒指。我索求著那個，並下意識伸手摸向脖子──然而，那裡什麼也沒有。

這麼說來，自從在向日葵花田那邊交給悠宇後，就沒再拿回來。

我沉溺在戀愛的罪過之中，迷失了友情，最後就導致昨天那樣的結果──

這不是悠宇的錯。

是我不對。

悠宇確實有真摯地面對飾品。是我打亂了這一切。

好想道歉。

但是，我從昨天到現在都沒辦法聯絡他。因為，要是他因此責備我……說不定我就再也無法陪伴在悠宇身邊了。

「……妳還沒能下定決心啊？」

「吵死了。閉嘴。」

我在桌子底下緊握拳頭。

要是有真正的羈絆，就算加入修行橋段也沒問題。雖說是分隔兩地，但也隨時能用LINE聯絡，放假時我也絕對會回來。若是有新的作品，也能寄送給我。

只不過是不能念同一所學校而已嘛。

沒有每天見面應該也沒關係吧？

（……真的嗎？）

我的腦海中浮現榎榎的臉。

她在悠宇身旁，開心地「欸嘿」笑著的表情。我從來沒有看過榎榎那樣的表情。她平常總是一副不開心的樣子，可是悠宇一旦來到她身邊，她就會變成戀愛中的少女。

好可愛。

他身邊有個那麼可愛的女生，我卻非得在異地努力才行。完全不覺得有辦法贏過她。

我早就心知肚明了。

榎榎比我還要適合悠宇。如果是榎榎，我也能放心將協助製作飾品的事情交付出去，她也肯定會好好珍惜悠宇。不，他們乾脆在蛋糕店一起販售飾品就好了。越來越覺得他們是一對天造地設的情侶了。

相較之下，我又是如何？

嘴上說要協助他製作飾品，但一天到晚都只會妨礙到他而已。追根究柢，要是沒有我，也不會惹紅葉姊生氣。我竟然一直以來都將這麼脆弱的關係稱作是命運共同體（摯友）嗎？太過分了。我真的是爛得透頂。

最過分的是……事到如今還是不想放手的自己，真的太過分了。

當我保持沉默時，真木島同學喃喃道：

「還要再推一把啊。」

他一口接著一口吃完漢堡，也喝光了薑汁汽水。接著，他將食指抵上清空的餐盤。

「我再來個大放送吧。當日葵跟小夏的夢想實現時——也就是當你們真的開了一間飾品店的時候，妳對小夏的心意依然不變的話……我答應妳，屆時我會盡全力協助妳。」

「……你是在說什麼啊？」

真是莫名其妙。他嘴上說是為了悠宇著想，但其實是為了榎榎吧。只要我去了東京，榎榎就沒有阻礙了。她會拚命地表現，也會獲得許多得到悠宇的機會。

至此我都能夠理解。

那他為什麼還要說會幫我搶回來呢？是熱昏頭讓他整個人變傻了嗎？

「真木島同學。你的目的到底是什麼？」

「我沒什麼了不起的目的。我只是討厭無趣的生活而已。要是跟那個小凜為敵，想必能成為很棒的消遣吧？」

接著，他很難得地露出溫柔的笑容。

「我雖然輕浮，但一定會遵守承諾。只要妳沒有因為感情糾葛被人刺殺而死，就算是在地球的盡頭我也會飛奔過去。」

「…………」

真木島同學講完自己想說的話，最後留下一句「妳考慮一下」就離開了。他在桌上放了三張千圓鈔……他是想用這個來證明自己會遵守承諾嗎？

（……但人在脆弱的時候，大道理往往最起效用。）

我以前就很不擅長應付真木島同學。現在，我總算明白原因為何了。

真是的，他到底是多在意我家的哥哥啊？

♣
♣
♣

自從被咲姊狠狠訓了一頓並敗北之後，過了兩天。

一大清早蟬叫聲就唧唧唧地響徹腦袋，讓我睡眠不足的身體倦怠到要死了一樣。

接連幾天的酷暑，澈底讓我的頭昏沉不已。我完全提不起勁做任何事情，只是茫然注視著完全敞開的窗戶邊隨風搖擺的窗簾而已。

貓咪大福從房門縫隙鑽進房間。牠先是啃了啃桌上的飾品零件，接著就緊盯著我看。發現我沒有要阻止牠的意思，就像在傳達「真無趣」似的，開始用床墊磨爪。

（到底要怎麼做才是正確解答呢……）

由於從日向灘吹來的海風，這個城鎮的夏天總是濕濕黏黏的。

一邊流著讓人不舒服的汗水，我腦中想的依然是決鬥那天的事情。向日葵枯萎之後，我為了趕上交期而採取行動。但是，那看在客戶的眼中只是「被強迫推銷失敗作」。

那要怎麼做才好？

道歉就能得到原諒了嗎？

但說穿了，要人原諒自己的這個想法就是撒嬌吧。那時也有被這樣說。

我真的搞不懂。外頭響徹的蟬叫聲，讓我無法好好思考。要開冷氣嗎？但總覺得不太想這麼做。日葵也沒有捎來聯絡。

要是就這樣曬成乾，便把我的身體做成永生花裝飾起來好了。不，那也太恐怖了。怎麼會有這個想法啊？我真的是被熱昏頭了。

喝點水好了。就如同花需要水分，這對我來說也是必要的。

啊～是說今天還沒去學校替花壇澆水。得趕快去才行，不然天氣這麼熱花會受不了。平常都是日葵會去幫我照料，但再怎麼說她昨天應該沒去才對。今天大概也不會去。

……要是拜託榎本同學，她會幫這個忙嗎？

不不不。我在想什麼啊？這樣也太渣了。不准只在圖方便的時候拜託榎本同學……但她可能會因為管樂社的練習而去學校吧？所以就說不行這樣了！

「……嗯？車子？」

家門前傳來一道車子停下來的聲音。

我側著身體，隔著窗戶往下看去。那裡正停著一輛計程車。然後，會搭計程車來我家的人只有一個。

（日葵嗎！）

我想得沒錯，只見日葵從後座下了車。

她抬頭朝我房間一看，我們便對上了眼。

她好像喀嚓喀嚓地想打開玄關大門，結果發現門有上鎖，於是按下電鈴——不對，她直接從玄關旁邊的花盆底下拿出了備用鑰匙！

（死定了，房間亂七八糟的！是說，我穿這樣也很糟糕！）

上身穿著T恤但下身只有一件內褲，完全是放假模式。而且還汗流浹背的。

我連忙從床上起身，並脫掉上衣。呃，換衣服、換衣服。這麼說來從前天開始我就一直嫌麻煩而沒有洗衣服。總之先隨便找一件……啊，是說大福會跑進來的關係，我沒把房門關上……

當我發現這件事的瞬間，日葵就輕快地探出頭來。

「悠宇～可愛的日葵美眉來……」

於是，我們同時放聲大喊：

「「哇啊啊啊啊啊啊啊啊啊啊啊啊啊啊啊啊啊啊啊啊啊啊啊啊啊啊啊啊啊啊啊啊啊啊啊啊啊啊啊啊啊啊啊啊啊啊啊啊啊啊啊啊啊啊啊啊啊啊啊啊啊啊啊啊啊啊啊啊啊啊啊啊啊啊啊啊啊啊啊啊啊啊啊啊啊啊啊啊啊啊啊啊啊啊啊啊啊啊啊啊啊啊啊啊啊啊啊啊！」」

感覺就連蟬叫聲都算不上什麼的驚聲大叫。

我連忙摀住日葵的嘴。

日葵的背撞上牆壁，接著就跌坐在地。她用雙手遮著臉……是說，不要隔著指縫偷看好嗎！

「幹嘛幹嘛幹嘛！悠宇，你突然脫到剩一件內褲是想幹嘛啦！」

「不不不！說起來，妳擅自跑進來才莫名其妙吧！」

「是咲良姊說我可以自己進來，才告訴我鑰匙放在哪裡的好嗎——！悠宇才奇怪吧，你剛才明明就跟我對上眼了！在這個時間點竟然選擇脫衣服……你這傢伙，都還沒正式交往，不能做那檔事吧——！」

「妳才絕對在想些不正經的事情吧！再說了，日葵！在妳家浴室那時明明就一副若無其事的樣子，就只有這種時候才強調自己是女生，也太狡猾了吧！」

「那、那那、那個狀況又不一樣應該說關係也不一樣而且在浴室那時悠宇完全不可能會來襲擊我所以才裝作很從容……呃，哇——！你不要靠過來啦笨蛋——！」

妳這傢伙，不要亂甩包包啦！要是擊中我該怎麼辦！

啊，對了。這麼說來我還沒換衣服……嗯嗯？

總覺得現在正被一股冰冷冷的氣場刺中似的。是不是我誤會了……不，等等。我在家時的危險探測能力格外敏銳。這是因為在家會對我施加危害的存在就只有一個人而已。我不可能會搞錯那股氣場。

具體來說，就是相隔兩間的房門在不知不覺間開啟，一雙感覺剛睡著就被吵醒的雙眼從裡頭帶著滿滿的質疑看了過來。

才從大夜班下班的咲姊，發出地鳴般帶著怒火的聲音說：

「……蠢弟弟。難道你是捨不得送走日葵，就覺得做出違背人道的事情也沒關係嗎？」

「等、等等。咲姊，誤會誤會。妳真的誤會了……」

……就算我這樣講，只穿著一件內褲還惹得日葵快要哭出來的事實依然不變。死心的我，只能乖乖受到從房間衝出來的咲姊制裁。

♣ ♣ ♣

一早就上演了一場老套到不行的戀愛喜劇……

要是被真木島那傢伙知道，肯定又會被揶揄「你果然是幸運色狼型主角啊哈哈哈」之類的。

不對，等等。幸運色狼事件一般來說立場應該相反吧？

總之，我換好衣服就跟日葵一起騎腳踏車前往學校。應該說是我推著腳踏車，日葵則是跨在後輪上。

「嗯呵呵～這大概也是最後一次像這樣俯瞰悠宇的頭了吧～？這樣想一想，總覺得有點感慨喔～？」

「熱死了，真的要熱死了。不要貼上來！」

在這樣的酷熱天氣之下，日葵依然壓著身體貼了過來。
日葵一邊很有節奏感地拍打著我的肩膀，一邊開心地開起玩笑。
「我不在的時候，你可不能外遇喔～」
「什麼外遇，在那之前我並沒有在跟妳交往好嗎？」
「咦～？但悠宇絕對超喜歡我的嘛～不然像榎榎那樣可愛的女生不斷對你發動攻勢，卻還不跟人家交往，絕對很奇怪吧。」
「唔咕……」
我嘆了一口氣。
到了現在這種狀況，她還像這樣在捉弄我。老實說我已經覺得很厭煩，但聽到喜歡的女生說這種話卻還是覺得很開心，我都覺得自己太沒出息了。
……當我這麼想，這才發現最後致命的一招沒有攻過來。
「日葵。妳今天不『噗哈』嗎？」
「…………」
換作平常，話說到這邊都會接上一句「我開玩笑的啦～！」並捉弄起不禁臉紅的我。就像是「噗哈～！還是說你真的喜歡我嗎～？」的感覺。
但是，今天日葵沒把這當玩笑話。

「我們現在啊，感覺就像站在人生的岔路上呢～」

「………………」

即使我沒有回應，日葵還是繼續說下去。

她感覺本來就不對這點抱任何期待似的。

「要是我加入演藝經紀公司並出名了，也能提高悠宇飾品的宣傳力不是嗎？就結果來說，我們的夢想還是會實現的吧。我們可以經營飾品店到死喔。」

「……或許吧。」

是沒錯。

就像國中校慶時那樣……不，如果是日葵，一定會變成更了不起的大人物。如此一來，就能成為幫助我們夢想的絕佳武器。

……更重要的是，即使我的夢想在中途破滅了，日葵也能靠自己去贏得人生。說真的，我一點也不想看到日葵是用「我自己一個人什麼事都辦不到」這樣悲觀的理由，去追求我們的夢想。

「然後，我再向爺爺下跪磕頭請他借我錢，就能還掉我欠紅葉姊的債務了。如此一來，我們就能再以高中生身分，謳歌恩恩愛愛又色色的青春了。」

「拜託注意措辭。妳的措辭太可怕了。」

是說，真的很想拜託她不要在身體貼這麼緊的狀況下，說這種擦邊球的話。就算沒有特別說出口，她應該也已經知道我的心意才是。這真的很折磨耶，應該說對一個健全的男高中生來講，會讓某個地方很難受。

但日葵根本滿不在乎，反而還看準這個時機發動攻擊。

「悠宇啊。你現在是在想色色的事吧～？」

「我就說妳不要再講這種話了……」

不，老實講當然有想過就是了。更何況聽喜歡的女生對自己說這種話，男生要是沒感覺才是騙人的吧。我又不是完全沒有性慾。

日葵開心地拍打著我發燙的臉頰。

「我覺得無論如何都會有缺點，既然如此乾脆就只看優點吧～若是為了得到那份回饋，就有辦法努力下去嘛～」

「……我沒異議。」

日葵依然是雙腳踩在後輪軸上，從背後伸出雙手包住我的臉頰。

當我停下腳步，臉就被往上拉去。身高比我矮的日葵的臉，現在俯視著我。夏日藍天。以散發著耀眼光輝的太陽為背景，日葵那雙藏青色的雙眼直直注視著我。

「未來的夢想和現在的戀情……我們該為哪一個而活呢？」

一如往常通往學校的這條路。

暑假期間的早上，四周都沒有其他人。

就只有車子在遠處國道上呼嘯而過的地鳴，悶悶地在耳中響起。

這個距離下不可能會聽錯。也不能後來才說要收回那句話。我緩緩吸了一口氣，老實地對她說道：

「日葵。妳還記得五月跟妳吵架那時我說過的話嗎？如果日葵說要放棄夢想，我也可以放棄夢想——」

「悠宇還是無法捨棄花卉飾品嘛～」

我正要說出「可以為了日葵而活」這句話時，被日葵的聲音打斷了。

「咦？不，我……」

「畢竟！製作飾品對悠宇來說，就是人生的意義嘛～！」

她在極為靠近的距離尖聲這麼喊著，雙手便鬆開我的臉頰。

我想回過頭……卻辦不到。早在我動作之前，日葵的雙手就從背後環抱住我的脖子。我的後腦杓都能受到日葵的呼吸。

語帶顫抖地，日葵這麼說了——

「拜託你。不是製作飾品的悠宇，我就不要……」

「………」

夏天的太陽，曬得我們的皮膚都刺痛了起來。

從柏油路冉冉而升的熱氣，如果可以就此把我們燃燒殆盡就好了。明明這麼熱，卻也烘不乾滑過日葵臉頰的淚水，並打濕了我的脖子。

這世上到處都存在著矛盾。

我們明明都有兩隻手，為什麼只能抓得住一個東西呢？

既然只能選擇一個——朝著未來伸出手，那一定就是正確的選擇，而我們也一路衝到現在。

這一點，往後也是一樣。

為此竟然要我們必須選擇不同的道路，這種爛透的矛盾，我們也會隱忍下來。即使要放開這雙手，往後我們依然是「兩個人」一起走下去。

我們會在這條道路的遠方重逢。

就算到了那時我們的戀愛已經變了樣貌，我相信一定也能站在「摯友」的立場相視而笑。

再見了。我們的戀愛。

請多保重。

♡　♡　♡

小悠跟姊姊一決勝負之後過了兩天。

過中午時，我——榎本凜音醒過來了。

我們家的蛋糕店，是店面兼住家那種類型的建築物。

從馬路那邊看過來的最後方就是我的房間。雖然是在最裡面，但房間的採光非常好。因為只要一打開窗簾，眼前就是一整片墓地。

排成一列又一列的墓碑，在燦爛照射的太陽光反射下，看起來就跟大白天的燈光秀一樣。

「……今天也好熱。」

對這個氣溫感到厭煩的我，拉上了窗簾。

我一邊打著大呵欠一邊換衣服。並拿了毛巾仔細地擦掉乳溝以及胸部下方的汗水。啊～真是討厭。我真的有夠討厭夏天。動不動就會滿身大汗，還要在意男生們的眼光。如果可以一整年都是冬天該有多好。

今天要做什麼好呢？

難得管樂社不用練習，要去找小悠感覺也有點尷尬。我嘆了一口氣，便走向造成尷尬元凶的姊姊房間。

「姊姊，好歹在妳回家的時候也幫忙店裡一下……啊！」

床上空無一人。

原本綁在她手上的鎖鏈也被解開，空盪盪地掛在一旁。她的行李也全都消失，大概是逃到別的地方去了吧。

「……咕唔唔唔。」

好不容易逮到她了。

我走下樓梯，進到蛋糕店那邊。從後門看過去，只見做完早上工作的媽媽正在跟打工的人一起吃飯。

察覺到我下樓來，媽媽便回過頭對我說：

「哎呀，凜音。妳今天可以好好休息，不用幫忙喔？」

「……姊姊不見了。」

「哎呀哎呀，難得回來一趟呢。那孩子也真是的，就是靜不下來呢。」

「…………」

說得好刻意。

媽媽真的太寵姊姊了。反正一定是知道她逃走，只是沒去管她而已。昨天也是，完全都沒有

罵她。

這讓我不禁嘆了一口氣。

「妳說這要怎麼辦？要是姊姊在東京結婚之類的，她就絕對再也不會回來了喔。」

「到時候再說吧。只要她過得幸福就好了呀。」

「……搞不好反而會失業然後身無分文喔。變成這樣再回來的話，也很傷腦筋吧。」

「到時候只要凜音當上老闆，盡情使喚姊姊就好啦～」

「…………」

原來如此，還有這一招。

當我點了點頭，媽媽將放在桌上的紙袋拿過來交給我……上頭有著羽田機場的標誌。

「凜音，這是紅葉買回來的伴手禮，妳拿去給後面的真木島家吧。」

「咦……我今天放假耶……」

「凜音，妳之前也有享用了人家送的好吃和菓子吧。」

「……好啦～」

呿～

我拿著紙袋，就走出了後門。

……我們家蛋糕店的後方，是一整片遼闊的墓地。走過那裡，就能抵達位於前方的那座寺廟。旁邊有一棟漂亮的住家，那裡就是小慎家了。

呃——這時間真木島阿姨應該在家吧……

「……唔……唔！」

「嗯？」

住家那邊的後面傳來細微的聲音。

繞過那邊之後，有一座小慎專用的網球場。小慎就在那裡自己一個人練習發球。他對著球網，不斷把球打到快爛掉似的。

「啊——哈哈哈！我的事前準備果然完美啊！如此一來那個讓人恨得牙癢癢的完美超人也無能為力了！爽啦！」

「…………」

這個人在自言自語耶……

而且還亢奮到感覺有點噁心的程度。簡直就像惡作劇成功的小學生一樣……這種時候的小慎真的不會做出什麼好事來，很令人傷腦筋。

「真難得耶。你今天沒跟女生出去玩？」

「啊啊？……怎麼，是小凜啊。我還以為又是大哥要來囉嗦了。」

小慎中斷了練習，並拿起毛巾擦汗。他喝著寶礦力，用扇子搧了搧風。

「你不用去社團練習嗎？」

「今天不想去。」

「你綜體大賽都輸了，還這樣偷懶好嗎？」

「不要在人心情很好的時候跑來潑冷水。有什麼事說完就趕快回去吧。」

我將紙袋遞給他，小慎很快就察覺並說著：「喔喔，是紅葉姊的伴手禮啊。」

「好。我等一下會拿去給大哥跟老媽……嗯嗯？」

我裝作要給他紙袋，使勁地朝自己這邊拉了過來。小慎不禁向前踉蹌了幾步並緊瞪著我。

「怎麼？小凜，妳如果有什麼想說的話就明講啊。」

「…………」

鬆開紙袋之後，小慎這次又朝著另一邊後退幾步差點跌倒。

「姊姊要把小葵帶走了。」

「好像是呢。畢竟那個人特別中意日葵嘛。應該是想把她培養到總有一天能成為自己開的經紀公司的招牌吧。」

他用扇子朝我這邊搧了搧風。

「哇啊，討厭。頭髮都亂掉了。你不要搧啦……」

「啊哈哈。這對小凜來說是絕佳機會吧？情敵可是在強大的力量影響之下被排除了喔。」

「這樣一點也不公平。」

「妳還在說這種天真的話啊？先偷跑的人是日葵吧。妳有必要顧慮她嗎？」

「是沒錯啦……」

我很氣小葵。

然而，那是因為我覺得她絕對喜歡小悠。硬要說的話，我腦中「她總算坦率面對了」的想法還比較強烈。

不過，現在這個狀況有點棘手。

「小慎，你想想辦法嘛。」

「我辦不到。既然日葵是自願要去東京，就連雲雀哥也阻止不了她。而且我至今這樣擾亂他們兩人之間的關係，全都是為了讓事情發展到這一步。但我也沒想過竟然會順利到這種程度就是了。」

小慎「哼」地冷笑了一聲。

「我再怎麼說都會拒絕妳這要求好嗎？為了讓小凜獲勝，我至今都幫了妳這麼多忙。上次就算了，這次我絕對不會再出手協助。」

這麼說著，他就再次拿起網球拍。

先是咚咚地讓球來回彈了幾下，接著為了發球便直直往上拋去。我對著架好網球拍的小慎悄

聲說道：

「但要是贏過姊姊，她說不定會認同小慎喔。」

「……唔！」

小慎的身體不禁僵在原地。

往上拋去的球，就這麼直接打到他的額頭……感覺好痛。

按著額頭回過頭來的小慎，一如預料氣得冒出青筋。

「小凜。妳是想惹我生氣嗎？是吧？」

「你要生氣也沒關係喔。反正我打架比你強。」

「唔咕……」

我立刻用雙手擺出架式。

感覺好像要衝過來的小慎卻停下了動作。

「雖然本來就喜歡網球，但會以得到全國比賽的優勝為目標，是為了讓姊姊認同你『比雲雀先生還強』吧？無論念書還是運動，你從小就因為贏不過雲雀先生而消沉不已嘛。」

「妳聽好了，小凜。不要再說下去了。這個伴手禮我就心存感激地收下。妳再待在這裡只會妨礙到我練習而已，快點回去……」

「你一開始會靠近小悠，也是因為你知道他是雲雀先生中意的人對吧？本來盤算著如果

把他拐騙過來，雲雀先生應該會很嘔，結果卻真的把他當朋友了。真的是適得其反耶。其他還有……」

「啊啊！我知道了、我知道了啦！啊哈哈，也是呢。事到如今，我真的沒有對那個壞女人懷有什麼特別感情就是了！就給那個以為我無法做出反抗的紅葉姊，來招出其不意的反擊也很不錯！」

小慎展開扇子搧了搧，感覺自暴自棄地這麼大喊。闔上之後，就把扇子抵到我的鼻頭。

「妳聽好了，小凜，妳現在幫日葵一把，就等同於將勝利拱手讓給她一樣喔？」

「那也沒關係。因為，這也不是我想贏得的勝利。」

「我真的無法理解耶。只要能夠達成目的，過程應該不重要吧？」

「最重要的反而是過程喔。只要過程順利，一定會伴隨結果。這跟小葵執著於開飾品店這個夢想的道理一樣。」

「頑固的傢伙。妳真的跟那個壞女人一模一樣。但是，如此一來妳就將我辛辛苦苦擬定的計畫給破壞殆盡了。從今以後，我就不會再協助小凜。這樣可以嗎？」

「可以啊。『那個時候』的回禮，我已經收得夠多了。」

說完，我便露出一抹笑容。

「『現在』就先讓給小葵。反正最後會贏得勝利的人是我。」

「…………」

小慎快活地笑了笑，並用扇子拍打了一下掌心。

「真是的。日葵竟然要跟這個心靈堅強得跟怪物一樣的人較勁一輩子，害我都有點同情她了。」

♣ ♣ ♣

日葵做出那番離別宣言之後，過了一晚到了隔天。

我人在學校替花壇澆水。完成之後，我便坐在倉庫旁邊堆積著的肥料上頭發呆。光是想到要這樣單打獨鬥直到畢業，我就覺得快死了。

不，豈止到畢業而已，一個弄不好可能直到開店……說不定還會持續到死去為止。假如真的開店了，也不能保證日葵會回到這個城鎮來。她或許會像紅葉學姊那樣，把生活重心放在東京。

就算開店了，我有辦法在這種狀況經營下去嗎？

啊啊——————！

可惡，無論如何都會朝著悲觀的方面去想。別擔心，沒事的。我相信日葵，而且我自己也會努力。再說了，要是從我身上扣掉製作飾品這一點，是還剩下什麼啊？反正直到國中之前我也都是自己一個人在做，不過是短短十年、二十年，小事一樁啦。

十年、二十年……在這麼漫長的歲月當中，我都要度過沒有日葵陪伴的無趣生活啊。

在這之前，我們是自由的。

要是正因為自由，摯友的關係才能成立呢？

就算是朋友，也必須顧及對方的感受。在承擔起比至今為止更大的責任或制約的狀況下，我們有辦法跟往常一樣當彼此的摯友嗎？

……不，沒辦法吧。

常聽說一旦跟工作夥伴成為情侶，關係就會出現破綻，還真的所言不假。能在這個年紀理解到這一點可說是僥倖……真虧我自己知道這麼艱澀的詞呢。

當我因此感到垂頭喪氣的時候，另一頭有人朝我打了聲招呼。

「啊哈哈。我還想說怎麼有個傢伙一大早就散發出陰沉氣場呢。」

「……真木島同學。早安。」

平常那個輕浮男一臉笑咪咪的樣子朝我走了過來……咦？便服？我還以為他來學校是要參加社團活動。

我正感到費解的時候，真木島只是聳了聳肩。

「就連平常那樣笨拙的嘲諷都不說了啊。算了，順從一點也比較好調教，反而比較好呢。」

「你還在進行那個要我跟榎本同學交往，然後去當你弟弟的計畫嗎……？」

「那個計畫已經泡湯了。我被客人開除啦。」

「什麼意思？你跟榎本同學吵架了嗎？」

但這也跟我無關就是了。

真木島動作很自然地在旁邊的肥料堆上頭坐了下來。

「早上澆水是日葵要負責的工作吧？」

「……她今天就要去東京了，說要做些行前準備。」

她好像要先去跟經紀公司打聲招呼，並看看紅葉學姊工作狀況的樣子。就在我茫然地站在原地的時候，日葵正一步步向前邁進。

「這樣好嗎？」

「哪有什麼好不好，既然日葵都決定了，那也沒轍吧。」

「她要搭幾點的車？」

「我只知道大概中午吧。」

「那還有點時間嘛。跟我聊聊吧。」

「不，為什麼啊？你快點去社團練習啦。」

「有什麼關係。反正小夏也要去東京吧？如此一來就沒辦法跟我見面了，我們兩個男的也留

下一段最後的回憶嘛。」

「我要去東京？為什麼？」

「哎呀，不是嗎？五月那時，你都那麼氣勢十足地說要跟著日葵一起去了。既然一度做好要捨棄飾品的覺悟，有個第二次或第三次都沒差了吧。」

「…………」

見我沉默下來，他便開心地揚起嘴角。

「反正不過是愛上一個女人就能捨棄的熱情，那跟打從一開始就沒有也一樣吧？」

「……唔！」

我猛地站起身來，緊緊揪住真木島的襯衫衣領。

「說起來，還不都是你一天到晚給我設下奇怪的陷阱，才會變成這樣吧……！」

「…………」

真木島「呵」地笑了笑。

他用扇子的前端戳了我的額頭。

「就是這個。我就是想看這個表情。你那副乖孩子的表情崩壞、裝好人的那層皮剝落的模樣。應該就連雲雀哥都沒有被小夏討厭的經驗吧。我總算從那個討人厭的完美超人手中贏下一局了。啊哈哈。」

「…………」

雖然聽不懂他在說什麼，但我知道他是在瞧不起我。當我心頭湧上想狠狠揍他一拳這個念頭時，真木島就像看穿這點似的說：

「可以啊。我之前也說過了，小夏有揍我的權利。你就動手吧。」

「……唔！」

我的手下意識使出了力道。

但是……結果還是冷靜的那個我開口了，說著：「但這些全都是我自作自受吧？」

「……狀況跟五月那時不一樣了。」

「哪裡不一樣？」

「日葵說是為了我的飾品而願意加入經紀公司。既然如此，我總不能阻止她吧。」

我鬆開真木島的領子。

真木島說著：「什麼嘛，真無趣。」一邊撫平皺褶。

「所以我就說你是笨蛋。我之前應該有在這裡對你說過才對。仔細想想誰對你來說是最重要的。這並不是單純指人而已。有時也必須將夢想跟女人一起放在天秤上衡量。」

接著，他就展開扇子搧了起來。

「為了女人而活也沒有哪裡不好。又不是只有開店，才是製作花卉飾品的唯一手段。你大可

平時當個上班族，假日埋首於興趣之中，然後跟喜歡的女人生個孩子、建立家庭，並得到平凡的幸福。其實，這也不是多困難的事情喔……雖然這是跟我家大哥現學現賣的就是了。」

見我沉默下來，真木島不禁嘲笑出聲。

那種「我全都明白喔」的態度讓人很不爽。

「捨棄不了嗎？對吧，就是說啊。你一度做出捨棄的覺悟。『即使如此，也不見得能夠辦到第二次』。」

「這、這是什麼意思……」

「要我說得更淺顯易懂嗎？假設你去體驗過一次高空彈跳了。一般來說，重複去做相同的事情應該會習慣才是，但也有些狀況並非如此。從高處落下的那種感覺對有些人來說可能會成為心理陰影，反而再也不想挑戰第二次。」

扇子的扇面輕輕滑過我的臉頰。

「五月那時，小夏第一次做了捨棄熱情的覺悟。那個時候，你『真實想像』了捨棄熱情之後可能會過著什麼樣的人生。如此一來，你也理解到捨棄自己的寄託會伴隨多大的風險。」

這句話讓我的心臟重重地跳了一下。

我這樣的反應似乎讓真木島相當滿意。

「你應該很害怕回到像之前那樣不認同你的熱情，甚至貶低你的人群之中生活吧？」

他試探著我的表情，並揚起一抹大大的壞笑。

「在高中畢業的同時先準備好一間工作室，並正式將生活重心轉向販售花卉飾品。等到資金存夠了，就可以開店。乍看之下是個遠大的夢想，但從另一個角度看來，其實只是想過著不用出社會地生活這樣撒嬌的任性而已。你已經不想再受傷了。不想再回到國中那樣了。所以才會希望日葵能陪在自己身邊。以保護小夏不受到外界傷害這點看來，日葵可說是無上的人才。不但能接受自己的熱情，也能對世間的批判做出應對。」

接著，真木島說出決定性的一句話。

「我就坦白說了。小夏對日葵的心意，只是在諂媚會保護自己的對象而已。日葵想要摯友的那兩年你扮演了摯友，五月之後你也只是用自己的感情回應了想要戀愛的她。到頭來，對你來說最重要的還是自己。」

這句話讓我打從心底湧上一股沸騰的情感。

真木島是知道什麼？他懂我們什麼了？

要瞧不起我是個沒毅力的傢伙沒關係。但是，唯獨不能瞧不起這份感情。

「不是！我對日葵——……咕！」

這個瞬間，我的臉頰傳來一陣刺痛。

真木島收起扇子，朝我的臉頰打了下去。接著反而是他抓緊衣領將我拉了過去，並在僅隔著鼻尖的距離對我怒吼：

「如果不是，就不要再說這麼多廢話快點去啊！」

我不禁閉上了嘴。

這真的是我第一次看到真木島如此毫無掩飾地怒吼的模樣。就連他練習了那麼久，結果還是在社團參加的大賽中敗北那時都沒有這樣……他本來就是個只會笑笑的不讓人看見弱點的傢伙。

「不要被『話語』迷惑了。經過這次的事情，你應該也學到了吧？即使是雲雀哥也並非絕對。即使是親姊姊也不是一定就會站在自己這邊。還有即使是日葵，也沒辦法泯滅自己的心當個澈底的摯友。說到頭來，話語終究只是促使『他人』行動的道具罷了。」

「促、促使他人行動的道具……？」

「沒錯。話語之中不存在真理。不可能存在沒有一絲虛偽的話語。最重要的是……」

他那把扇子的前端，輕輕敲了敲我的左胸口。

「心意很容易改變，也很容易隨波逐流。如果所有事情都能用道理說得通，那該有多麼輕鬆。然而正因為迷惘，才更是深刻。要是被逼著做出選擇，就順從自己的情感。如果在挑戰過後發現行不通，到時候再去想下一步就好了。追逐夢想不就正是這麼一回事嗎？」

這麼說完，他就鬆開我的領子。被他順著力道推了一下，我跌坐了回去。背對這樣的我，真木島就這麼離開了……但是，他途中又停下腳步。

感覺好像有所遲疑的樣子。他稍微嘆了一口氣，回過頭來就瞪著我說：

「我是在升上國中的時候，向紅葉姊告白的。當時紅葉姊已經是大學生……即使如此，我還是認真的。我至今從來沒有那麼喜歡過一個人。但是，打從那時開始，她身邊就有雲雀哥了。」

真木島用扇子的前端搔了搔自己的頭。

接著小聲地說：「呃，總之我想說的是……」這麼喃喃之後，對我投以一抹悲傷的笑容。

「一直以來都只能得到第二順位的人生，可是滿煎熬的喔。」

這麼說完，他這次就揮了揮手離開了。

儘管我嚇到有些愣住，卻只有最後一句話一直留在我的耳邊。

一下在暗地裡策劃，一下又這樣激怒我。我真的搞不懂那傢伙究竟想做什麼。

……但是，他沒有說謊。就只有這一點，我清楚不過了。

◇　◇　◇

如果跟一定會結合的人，是用命運的紅線繫在一起。

那跟一定無法結合的人相繫的線會是什麼顏色的呢？

沒有那種東西？

不，一定有吧。

就像我跟悠宇這樣明明是堅定的羈絆，卻絕對無法結合的人之間相繫的線。

我想，一定是很壞心眼的顏色。

俗氣的顏色。

任誰都不會去看一眼，反而因此黯淡下來，漸漸弄髒了人的心。

想必就像是我現在眼睛色彩的那種顏色……

還不到中午，我就抵達車站前了。心情低落得要死，但今天的太陽也很耀眼……

紅葉姊已經在這裡等我了。她手邊拿著大大的行李箱。當我一走下計程車，她立刻就發現我並揮了揮手。

紅葉姊生著悶氣並鼓起臉頰，取代招呼並這麼說：

「我自認也小有名氣了欸～但都沒被任何人發現，感覺很寂寞呢～」

「沒有人會想到現役的人氣模特兒，會出現在這種鄉下地方好嗎……」

當我做了這番正當的吐槽，紅葉姊便開心地笑了笑。

「日葵。謝謝妳下定決心嘍～♪」

「……這是為了我自己的夢想。」

沒錯，這是為了夢想。

我會去東京。加入紅葉姊的經紀公司，並努力博得人氣。然後實現三年前的約定，協助悠宇賣掉很多飾品。

……因為，這就是我報答悠宇一直陪著我要任性的方式。

「那我去買車票喔～妳能幫我顧著行李嗎～？」

「啊，嗯……」

紅葉姊腳步輕盈地朝著售票口走去。

沒事做的我，只能待在這裡發呆。星巴克的玻璃窗上，倒映著我的身影。內心明明就像一片死水，卻還是有好好打扮自己，真是可笑。

沒戴頸飾的脖子好噁心。感覺好像不是自己的一樣。

我伸出手指輕輕摸過曬出來的痕跡。不禁心想感覺就像雜誌附錄的裁切線一樣。實在是身心矛盾。

真是不可思議。

可是，本來就是吧？

紅葉姊說我的可愛是一種才能。

聽她這麼讚賞，我也覺得很開心。

一直以來我都認為自己只是很會拜託別人而已，一個人什麼事都做不到。所以聽她說就算只

有可愛，只要努力也能成為非凡，是真的讓我覺得有點動心。

但與此同時，我也這麼想了——

成為非凡的代價，就是得不到最重要的東西吧。

我一點也不想成為非凡的人物。

我也不需要世界第一可愛的自己。不需要這對被讚為妖精般眼睛的顏色。不需要家族的財富。也不需要會寵我的家人及朋友。

我只想生為一個能被悠宇所愛的人。

我的運氣不好。

但是，這也全是我的業障。還是說我至今隨心所欲地做了這麼多事情，能在這次一口氣清算也算是好運呢？啊哈哈……

當我想著這種蠢事，就看到自己留下一行淚水。

真不愧是我。哭起來都這麼可愛～

……這時，突然有一道人影從背後竄了出來。

「小葵，午安。」

「唔！」

不知不覺間，榎榎就出現在玻璃窗上倒映著我身影的背後。她是忍者嗎？

我連忙擦了擦眼角，用跟平常一樣開朗的笑容面對她。

「榎、榎榎。怎麼了嗎～？難道妳是來替我送行的嗎～？嗯呵呵～妳真的很貼心耶～不像某個人只會擺出一副摯友的樣子，結果也沒來送我。而且他還無視我傳的LINE，妳說是不是太誇張了？啊，對了。榎榎，妳要不要喝Yoghurppe？因為天氣很熱，我就帶了很多瓶來，但實在是太重了～」

就只有一張嘴說個不停。

我不想再多想了。要是現在停了下來，感覺就會說出一些奇怪的話。我從包包裡拿出三瓶Yoghurppe，並交給榎榎。

然而榎榎沒有收下，她只是可愛地歪過頭說：

「小葵，我不是來送行的喔。」

「咦？」

當我不禁反問的瞬間……總覺得背脊竄過一陣冷顫。

「我是來向妳道謝的。」

「……道謝？什麼意思？」

榎榎揚起滿面笑容。

那是非常溫柔的笑容。充滿感謝之意的笑容。她明知我是這麼不情願前往東京，卻是這麼開心地笑著。

這讓我察覺到了——

「小葵，『謝謝妳自願輸給我』。」

「…………」

Yoghurppe掉到腳邊。

我拚命牽動起顫抖的嘴唇及臉部肌肉。

「啊、啊哈哈～啊，我看妳是因為我擅自親了悠宇而生氣吧～？那只是朋友之間表達親密情感的舉動而已啦～不然我現在也給榎榎親一個吧～？來、嘛、嗯～♪」

「…………」

榎榎的眼神顯得冰冷。

「都到這種時候了，妳還想當『乖孩子』嗎？」

「……唔！」

我渾身都僵住了。

榎榎聳了聳肩，撿起Yoghurppe。她在其中一瓶插下吸管並喝了一口，接著嘲諷般「嘿」地笑了笑。

「小葵的心意實在太明顯了。就算裝出這種態度也沒意義喔。」

說完她就撇開視線，注視著星巴克的玻璃窗。她正從直到剛才還倒映出我哭臉的玻璃窗上看著某些殘影。

「實現夢想就有這麼重要，甚至不惜要對自己的心意說謊嗎？」

她這一句話，讓我下意識地回嘴：

「就、就是這麼重要啊！」

「為什麼？」

「竟然還問為什麼……榎榎，妳也知道悠宇直到現在有多麼努力吧！」

「這我知道。但即使如此，小葵也沒必要去做自己討厭的事情吧。」

「…………」

我握緊了拳頭。

「我、我不討厭。只要是為了悠宇，我就能去做。」

「『能去做』？而不是想去做？」

聽她這樣挑語病，我不禁覺得一陣惱火。

「紅葉姊這次來挖角的機會，絕對會成為我們的武器！何況世上多的是想進入演藝經紀公司卻不得其門而入的人，不如說是我運氣好！再說了，既然這麼反對，那榎榎就代替我去啊！」

我一口氣這麼喊完，不禁有些氣喘吁吁。

我對自己的幼稚感到厭煩。她怎麼可能會去。榎榎也最喜歡悠宇了。把這種理所當然的事情搬出來講，好讓自己正當化的行徑正表現出我的氣量有多狹小，真的有夠討厭。我無法直視榎榎的臉，只能緊緊瞪著自己腳邊。

但是，榎榎很乾脆地說：

「好啊。」

我抬頭一看，只見她很明確地點了點頭。

「我去。」

「咦……」

見我愣在原地，榎榎便看向倒映在星巴克玻璃窗前的自己。

「我也滿可愛的。雖然不及小葵，但只要好好努力應該也能有不錯的表現吧。要跟姊姊低頭這點是真的讓我很不爽，但如果是為了小悠跟小葵我就辦得到。」

「呃，不……榎榎？」

她好像是認真的。表情沒有一絲遲疑。當然，這對我來說是從天而降的幸運。

（但這樣就要離開悠宇了喔？）

真的好嗎？他是妳暗戀七年的初戀情人吧。

但是，回過頭來的榎榎，說出了我預料之外的話。

「相對地，把小悠給我吧？」

聽見這句話，讓我僵在原地。

榎榎在我耳邊說悄悄話似的輕聲重複一次。

「『直到開了飾品店為止』，都讓給小葵。但當我回來之後，就要給我。這樣可以吧？」

「…………」

榎榎柔順的黑髮撫過我的臉頰。

她用完全不變的語氣，朝我比出小指。

「我們打勾勾。」

勾指立誓。

說謊的人要吞一千根針……咦，不不不。應該是在開玩笑的吧？

見我傻愣住的樣子，榎榎歪著頭說：

「怎麼了嗎？」

「不、不是，呃，這……」

我不禁含糊其辭，但榎榎卻用開朗的語氣說：

「不行嗎？為什麼？妳跟小悠當摯友就好了啊。你們本來就是這樣約好的吧？別擔心。小葵肯定能夠『再』找到一個像小悠這樣溫柔的人。」

「…………」

我的手在顫抖。

不是喔。

不是我找到悠宇的喔。

而是悠宇找到我才對喔。

不會「再」有下一次了。

一想到悠宇，腦袋會像這樣雀躍到輕飄飄的就只有現在而已。

一嫉妒榎榎，內心會像這樣感到刺激發麻的就只有現在而已。

只是遇到一點不順心，就會像被掘出一個洞似的痛到想哭也只有現在而已。

我不認為會再有一次像這樣把自己搞得亂七八糟的戀愛了。也不能再有了。

我是個卑鄙的人。

是個隱瞞自己的心意，裝作要支持榎榎的戀情，卻在背地裡若無其事地親下去的壞女人。

但我至今從來沒有產生過焦急到覺得再怎麼卑鄙都無所謂，總之就是想贏的心情。

我的戀愛是一場罪過。

破壞了悠宇的夢想，傷害了榎榎，惹火了紅葉姊——但就算因此被人在背後指指點點，說我給很多人添了麻煩，唯有這份罪過我不想放手。

產生這個想法的瞬間——我拍掉了榎榎的手。

牙齒都不禁發顫起來。

好可怕。她絕對會生氣。

我「又」要被她討厭了。好不容易「又」跟她變回朋友，都是我害的……

「……妳看，果然還是辦不到嘛。」

但是，榎榎卻莞爾一笑。

「小葵，妳從以前就是這樣。只要是自己想要的東西，全～部都會占為己有。不管是人偶、鑰匙圈……還有我的姊姊也是。」

這麼說著，她握住我的手。

「但是不知為何，妳就是沒辦法坦率說出自己最想要的東西呢。」

她的雙眼流露出溫柔。

啊，被擺了一道。當我察覺到這點時，已經太遲了。為了不要被發現而拚命掩飾的心情，終究還是迎來極限。

我的心竄過一道裂痕，真心話就從那道縫隙間迸發而出。

抓住榎榎的衣袖，我終於哭了出來。

「我不要……我不想去！」

「嗯嗯。也是呢。」

「但這結果也是我造成的，我得想辦法解決才行。而且就算我留在這裡，可能也幫不了悠宇……」

「也是啦，我也覺得小葵留下來也幫不上什麼忙就是了。自己定出規則，然後又因為按捺不住而自作主張，甚至還把大家都捲了進來。」

「啊——！現在應該是要安慰我才對吧！」

「我真的很討厭小葵的這種個性。」

「等等——！榎榎，妳是在給我致命一擊嗎！」

我發出哭聲就一臉埋進榎榎雄偉的胸部裡。

榎榎感覺就像個姊姊，摸著頭安慰我，並教誨似的說：

「我之前就在想，小悠跟小葵不知為何都非常執著於『在最完美的狀況下實現夢想』耶。」

「……什麼意思？」

「像我們家的蛋糕店啊。媽媽一開始會做些甜點只是基於興趣，並偶爾會分給鄰居而已。雖然後來就進一步開始販售蛋糕，但也是直到最近才開了那樣一間像樣的店喔。大概是我們升上國

中那時候吧?」

這麼說著,她一邊用雙手夾住我的臉頰並揉了起來……感覺就像在揉點心的麵團一樣。

「該怎麼說呢,就算一心只看著未來,此時腳邊站不穩的話也會感到很疲憊吧。也不是一定要從一間氣派的店面開始才行,我覺得小葵也沒必要成為非凡的人物。就算飾品店之後經營失敗而倒閉,那也不代表人生這樣就結束了。到時候你們兩個就來我店裡工作吧。三個人一起經營感覺也很有趣喔?」

「……但那對悠宇來說是很重要的事情吧。」

「是嗎?對小悠來說,最重要的是開一間飾品店嗎?還是跟小葵一起開一間飾品店呢?」

「咦……?」

這時榎榎的視線從旁邊看了過去。

◇◇◇

我追著她的視線望去,就看到了悠宇。他好像是騎腳踏車狂飆過來,只見他一副上氣不接下氣的樣子。本來牽著的腳踏車也應聲倒了下來。

「日葵!」

「悠宇……？」

為什麼？

我還以為他今天已經不會過來了。

「怎、怎麼了嗎？難道你是來送行——」

「拜託妳，還是不要去吧！」

悠宇搖搖晃晃地走了過來。

不知不覺間，我跟榎榎握在一起的手也加重了力道。

「夢想跟戀愛之間，我還是無法只選擇一個。不實際去做，不會知道哪一個才是正確的選擇。而且被問到格局這麼大的問題，我本來就不是可以馬上做出回答的那種個性。但我知道，妳不是真的打從心底想去東京。」

「但我能為悠宇做的事情，也就只有這樣而已……」

「才沒有這種事！而且我不求日葵做那些事啊！什麼因為會替我販售飾品才會在一起，這樣不對吧！」

悠宇懊悔地緊咬下唇。

「就是說啊。仔細想想，我們打從一開始就錯了。說到頭來，摯友不是這樣的關係吧。並不是為了在一起就非得做些什麼事情才行，更不是一定要有什麼職責才能在一起。其實，我也不是想要一個方便我實現夢想的搭檔……」

他使勁抓住我的雙肩。他的手指像是要留下傷痕似的弄痛了我。這讓我感受到他不想再放開我的強烈意志。

「被真木島那麼一說，我也回想起來了。我或許是為了不要被日葵討厭，而在討妳歡心沒錯。但那不是因為我希望日葵能夠保護我。而是拚了命不想失去這個願意理解我滿腔熱情的對象。我打從一開始，『就只是希望妳能看著我而已』。」

他朝我看過來的那道目光。

在那燃燒般的雙眼注視下，我頓時渾身僵硬。

「如果是為了我，妳就別想著要自我犧牲。日葵明明就不在身邊，我怎麼可能會覺得開心……因為我跟妳一直都是命運共同體（摯友）啊。」

「…………」

我什麼話都說不出口。

只是內心深處發燙起來，感覺就像被揪緊似的難受不已。

我唯一知道的是……國中那場校慶。我產生了想跟悠宇成為朋友的心情果然是正確的。

光是如此，我就覺得自己至今的人生得到回報了。

「悠宇，我……」

於是我伸出了手。

正想去觸碰悠宇臉頰的那隻手……

被從旁伸來的白皙手指給阻止了。

「好了，到此為止喔～♪」

「紅、紅葉姊……」

紅葉姊一邊甩著特快列車的車票，對悠宇投以蔑視的眼神。

「……悠悠～這樣不行喔～悠悠自己也接受了那場敗北才是吧～？事到如今還想要當作沒這回事，我覺得有點缺乏男子氣概喔～♪」

她面帶一如往常的笑容。

但很不可思議的是，她的表情看起來又好像氣到宛如惡鬼一般。

「紅葉姊！我還是不想去東京！」

「呵呵呵。我啊，是秉持著絕對不會讓想要的東西從手上溜走的主義喔～日葵，跟我一起朝著世界舞台為目標邁進吧～♪」

這時悠宇當場對她下跪低頭。

「拜託妳了！請再給我一次機會！」

「不行不行～而且原本的那次機會也是看在雲雀的份上才會給你的好嗎～要是太煩人，身為男人可是會扣分的喔～♪」

聽到悠宇被這樣侮辱，榎榎也氣得對她回嘴——

「姊姊！像小葵這種任性的女生，只會給經紀公司添麻煩而已啊！」

「榎榎好過分！」

這是因為直接拜託不成，乾脆就試著逆向操作嗎？不愧是榎榎！她一定是為了說服紅葉姊才會這樣說，我相信這絕對不是榎榎的真心話！

然而絲毫不顧我們拚了命的訴求，紅葉姊不開心地噘起了嘴。她雙手抱胸，威嚇似的強調起那對巨大的胸部。

「說到頭來，你們該不會忘了最重要的事吧～？日葵有欠我錢喔～如果不希望我把她帶走，好歹要先清算完這筆帳再來說才對吧～」

「唔唔……！」

見我們不禁退縮，紅葉姊更是笑著露出一副壞女人的表情。

「但是，這也辦不到吧～？因為高中生不可能有辦法借到那麼一大筆錢，而且雲雀也絕對不會借給妳喔～？不管他再怎麼幫悠悠說話，你們都約好了實現夢想的代價，就是不會跟家裡拿錢呀～他也不是個會自己毀約的那種人嘛～」

紅葉姊一副「好了，這樣應該都懂了吧？」的感覺，過來抓住我的手。就算我想甩開，身體也使不上力。

（不要。我絕對不要去……！）

再怎麼被瞧不起也沒關係。就算被貶低說我身為一個人已經沒救了也無所謂。即使如此，我唯獨不想離開悠宇身邊。

我朝悠宇伸出了手。

悠宇也朝我伸出了手。

就在我們的手拚命地抓著彼此的瞬間——

「既然如此，那筆錢就由我來出吧。」

一道令人厭惡的聲音，朝我們喊了過來。

與此同時，太陽的光線在轉瞬間被遮蓋過去。才想說有道像是「老鷹」般的黑影通過上空……一個大波士頓包就撞上紅葉姊的胸口。

為了接下那突然拋過來的東西，紅葉姊放開了我的手。悠宇這時立即拉過我的手。這讓我被悠宇抱在臂膀中，拉開了與紅葉姊之間的距離。

對於這時登場的人物完全沒有感到一絲驚訝的，就只有榎榎而已。

「……小慎，你好慢。」

「畢竟是這麼一大筆錢，要從銀行領出來可得花上一段時間嘛。即使如此，還是可以當天就拿到手，真不愧是完美超人呢。啊哈哈。」

榎榎一邊責怪真木島同學，並朝他招了招手。

在另一頭，不知為何哥哥的愛車停在那裡。戴著太陽眼鏡的哥哥從駕駛座上瞥了我們一眼。

紅葉姊一打開那個波士頓包……只見裡頭塞滿了鈔票。

「……慎司？這是怎麼回事呢～？」

「紅葉姊口中日葵的負債，就由我來代墊償還。」

就連紅葉姊也不禁臉色一變。

真木島展開了扇子，像個演員似的揚聲說道：

「這是我找雲雀哥『商談』之後借來的錢。他對自己人相當嚴厲，但我是個毫不相干的外人嘛。簡單來說，就是換個做法也是能把錢弄到手的意思。」

「……真沒想到你會背叛我呢。」

「哪有什麼背叛，這次是妳自己說不需要我的幫忙吧。難道妳真的以為『備胎』是不會反擊的嗎？沒想到妳也有天真的一面呢。」

兩人銳利的眼神交錯出火花。

真木島同學用扇子遮著嘴角，並揚起無畏的笑。

「說到頭來，五月那時日葵之所以失控，也算是我該負起責任。若是照這個想法來看，由我來付這筆錢也是合情合理。」

「我真搞不懂你幫日葵做到這種地步有什麼意義耶～？」

「別擔心。我也有得到好處。因為我用這筆錢，『買下了』小夏跟日葵，還有小凜的高中生活啦。」

我跟悠宇一副「啊？」的感覺看著他。

真木島同學感覺很邪惡地嗤嗤笑著。

「從今以後，你們不准擅自休學。不准去東京發展。在校期間也不准放棄製作飾品。除此之外，我也可以再想想能追加哪些約定條件。不覺得在你們過度自由的戀愛喜劇生活中，多少增加一點制約也別有一番興致嗎？」

「真木島同學。你的個性真的很差勁耶……」

「這番讚賞真是不敢當啊。之前也對日葵說過了，我討厭無聊的生活。就這點來說，你們三個人這場渾沌的戀愛動亂可是能給我帶來無止盡的趣事。既然你們提供了這番娛樂，我付錢也是理所當然的吧。」

真木島同學收起扇子。

他將扇子尖端直指紅葉姊的鼻頭，並露出相當快活的表情。

「妳也該發現了吧？能參加這場拿未來當賭注的戰鬥(遊戲)，是我們年輕人的特權。隱士(老頭)還想從外頭操縱棋子，可就太掃興了。再妨礙下去只會讓妳的美貌蒙上陰影喔？」

「………」

紅葉姊不禁咬緊牙關。

她雙手抱胸，並咚咚地用厚底涼鞋踩著地面。低下去的臉在寬帽緣的遮蔽下讓人無法一窺究竟。

下個瞬間，她那銳利的眼神鎖定了停在另一邊的哥哥的愛車。

接著她像是死心般大嘆一口氣——並拍了一下雙手。

再次抬起頭來的時候，紅葉姊一臉非～常不爽的樣子噘起嘴唇。

「那就算啦～」

接著她大步朝著哥哥的車子走了過去，並狠狠踹了一下車門！

駕駛座上的哥哥連忙衝了出來，朝她怒吼道：

「紅、紅葉！妳突然做這什麼過分的事！」

「誰教你要愛管閒事～雲雀，我看你也變得很縱容了呢～？」

「我只是跟慎司簽下正式的合約罷了。不過，我很看不慣妳的做法，能毀掉妳的計畫也確實讓我覺得滿痛快的就是了。」

「唉。所以我才討厭愛講道理的人啊～我想好好抱怨一下，快帶我去個涼快的地方吧～」

這麼說著，她立刻就鑽進了副駕駛座。

接著從車窗伸出手來，朝著我們大大地揮了揮。

「那今天就解散吧！掰掰～！」

「咦——……」

哥哥一臉講不贏她的樣子坐回駕駛座。他們感覺吵了一下，結果還是發動了引擎。

目送車子離開之後，我跟悠宇面面相覷。

「……悠宇。這樣算是事情告一段落了嗎？」

「是、是嗎……？」

真木島同學笑了笑。

「啊哈哈。既然紅葉姊一開始就說是來談生意的，那在把錢交給她的當下這件事就結束了。比起這個，你們兩個還真是放閃到不行啊。」

這麼說來，我們現在才察覺到還貼在一起，於是立刻就拉開了距離。背對著彼此，我有一下沒一下地整理著頭髮之類的地方。

「不對！更重要的是，那筆錢是怎麼回事啊？」

「那個喔？我剛才不就說了是跟雲雀哥簽訂合約借來的。」

「所以說那個合約到底是什麼意思啊！這可是牽扯到那麼一大筆錢耶！」

「你們沒必要知道。這不過是我個人採取的行動。」

他這麼說著，便展開扇子。

「好啦，總算是順利排除外敵了。現在就為了供奉我這個價值千金的戲子，來場慶功宴吧。當然是日葵請客。」

「啊？我為什麼非得要請你啊！」

「不然妳以為是多虧了誰才有辦法得救啊？妳欠我這筆可精彩了。我看往後日葵都再也不能跟我頂嘴了吧。啊哈哈哈哈！」

「榎榎！他是妳兒時玩伴吧，想點辦法好嗎！」

救兵榎榎，雙手此時正緊緊握拳。

「慶功宴的話我想吃Joyfull。」

「也太積極——！」

決定要去家庭餐廳之後，他們兩個很快就走遠了。

看著他們的背影，我不禁失落地垂下肩膀。為什麼啊～這次確實是被救了一回，但莫名有種無法接受的感覺……

悠宇牽起腳踏車，連忙要在後頭追上榎榎他們。但見我一副氣噗噗的樣子，悠宇便輕輕拍了拍我的肩膀。

「哎呀，這也沒辦法啊。實際上他真的是幫了大忙。」

「悠宇，你對真木島同學太好了啦～跟那種傢伙交朋友，你總有一天會嚐到苦頭喔。」

「他國中做過的那種事情確實很不好。但是，他這次也像這樣來幫忙了不是嗎？我想他應該也不是永遠都是個以前討厭的傢伙吧。」

「唉。悠宇的危機管理能力實在太差了。我看開店之後，沒有我好好看著可不行呢～」

我這麼說完，悠宇就停下腳步。

回頭一看，只見悠宇一臉嚴肅地說：

「我啊，想捨棄開店的夢想了。」

「啊？」

一開始我還以為是自己聽錯了。

這讓我不禁衝過去揪住悠宇的領子。

「為、為什麼為什麼為什麼！好不容易讓紅葉姊放棄了……！」

「不，抱歉。等我一下。是我說法不好。拜託妳不要搖晃我。我不但睡眠不足又一路衝到這邊來，真的快吐了……」

於是我也停下一前一後搖晃著他的動作。

悠宇壓著頭「唔唔……」地沉吟。

「紅葉學姊雖然放棄了，但我覺得本質上的問題還是沒有解決。」

「……你是指咲良姊說的事情嗎？」

悠宇點了點頭。

「真木島跟榎本同學所幫的忙，頂多只是權宜之計，感覺就像應急處理那樣……說到頭來，這次事情的主因還是出於我對待客戶的心態。」

「那、那也是我……」

「日葵的心意是讓我很開心。但最依賴別人的終究還是我。從四月開始，咲姊就一直想讓我明白這件事情。然而順著自己的意思去解讀這點，就是我的罪過。」

他這麼說，不禁緊咬下唇。

「我確實很笨拙，無法將夢想跟戀愛全都得到手。畢竟想要全都得到的結果，就是變成像這次這樣了嘛。」

悠宇說著，便尷尬地撇開視線。

「當我反思著到底是哪裡做不好的時候……才察覺是被那個夢想『束縛過頭』了。」

「……你是想說我們的夢想不好嗎？」

悠宇搖了搖頭。

「『三十歲之前要開店』不過是『直到國中的我們』所描繪的夢想。想要實現這種小孩子描繪的夢想，本來就不對了。」

「怎麼會呢！我們的夢想才沒有錯……」

悠宇像要打斷我所說的話一般繼續說道：

「日葵。我不是這個意思。我想說的是，視野狹隘的國中生所描繪的夢想，會『讓這個夢想本身顯得太過侷限』。」

悠宇握起拳頭。

「要是太執著於實現狹隘的夢想，就會錯失那之外的所有事情。像是我在小學生的時候，跟榎本同學一起看到扶桑花時，整個心都被奪去的那種心情。還有單純想把這份美麗傳達給別人，想讓那種心情化為永恆的目標……咲姊之所以會對我發飆，應該是因為我忘了自己的初衷。」

這一番話，他越說越是熱血。雙眼也散發出閃閃發亮的光輝。

我記得這樣的眼神。

……國中那時，我第一次看到在照料著花的悠宇。那個時候，悠宇的表情也是這麼耀眼。

就是悠宇這份無法顧及周遭一切的「率直」，打動了我的心。

「如果追逐的是狹隘的夢想，那身為創作者的氣量當然也會跟著變得狹隘。既然如此，我就

要追逐遠大的夢想。不是只要存到錢就總是有辦法實現的夢想，我想成為能得到即使是金錢也無法購買的東西的創作者。而開店不過是在這個夢想的途中，要『順便』達成的課題之一罷了。」

他斷言說是順便。

我那麼執著的事情，竟然如此輕易就帶過去了。

即使如此，很不可思議的是，我卻不覺得討厭。甚至覺得心頭都發熱起來了。回過神來，我正緊緊揪著自己的胸口。

「無論夢想、戀愛，還是自己的店面全都想要。這在大人看來，想必是相當任性的事情吧。然而，想以達成這點好得到他人認同的強大的自己為目標，是我自己決定的事情。下次，我不會再輸給咲姊了。也不會被紅葉學姊瞧不起，更不會讓雲雀哥擔心。我會成為不用日葵犧牲自己，也能好好立足的創作者。」

一副我的回答已經不用多問似的，悠宇開心地露出微笑。

「所以，不是直到開店為止。妳就『一直』在我身邊看著我的任性吧。」

我說不出話來。

連忙撇開臉之後，我為了掩飾發熱的臉頰而回上一句：

「……講這話也太難為情了吧。笨蛋。」

當我想用雙手遮掩嘴邊並「唔……」地沉吟時，悠宇故意模仿我的口氣笑著說：

「噗哈～！看來日葵不會應付這麼直接的反擊耶。」

「少、少囉嗦！不可以因為我現在心靈有點脆弱就裝出一副從容的樣子！」

悠宇一邊笑著，便把手伸進口袋。

「日葵。妳忘了這個。」

「啊！」

在他手上的是那個鵝掌草的戒指。

我下意識伸出手要去拿，卻在觸碰到的前一刻停了下來。

（這是我跟悠宇的「友情殘骸」……）

只要拿回這個，我跟悠宇感覺又會變回「摯友」了。

見我遲疑，悠宇好像有點尷尬地搔了搔頭。

「日葵啊。妳還是這麼在意榎本同學嗎？」

……那是當然。

剛才那番話，不過就像我跟悠宇再次定下事業夥伴的約定一樣。至於另一方面，依然是保留在曖昧不清的狀態。

雖然維持現況也不錯就是了。

但要是現在不聽他說出一個定論，我也沒辦法繼續前進下去。

「我們的關係就跟至今一樣嗎？」

只是一句短短的問題，讓悠宇的臉不禁僵住。

接著他沉吟著「嗯～……」或「啊～但是……」之類的，見到這樣明顯形跡可疑的舉止，我費解地歪過了頭。

「……悠宇，怎麼了嗎？」

「不。那個，該說是沒什麼嗎……可惡。總覺得氣氛變得很奇怪耶。早知道就說得坦率一點再拿出來就好了。」

是怎麼了嗎？剛才說那種超丟臉的台詞就沒問題，現在又莫名害羞了起來。悠宇做了一次深呼吸，這才像是下定決心般握緊那個戒指。

「……算了，這本來就是我『那時』退縮才造成的。」

他這麼喃喃一句，就讓我拿好那個頸飾。

「關於這個鵝掌草的戒指啊，我還有一件事沒有跟妳說。」

「咦？」

我把那個拿到手上之後，就對著耀眼的太陽高舉起來。用鵝掌草的永生花做出來的袖珍版鵝掌草就鑲在其中。

就跟我們的關係一樣奇幻又危險的戒指。在淡淡的配色之中，有一個新月形狀的茶色花種子成為點綴。

「就是這個花的種子啊……」

悠宇先是賣了個關子，才接著說了下去。

無意間，我產生了一個想法。

我們兩個應該至死都會不斷重複著一樣的事情吧。

裝作很懂彼此的心，卻一知半解。

明知有些事情不說出口對方不會知道，即使如此還是遭到自以為是世界上最了解對方的人這樣奇怪的自尊心束縛，促成失敗的結果。

因為我們打從一開始就不是用紅色的線牽繫起來的兩個人。

要細心地將顏色重塗上去，想必得花上一段時間。

我身上一定背負著比誰都還要深的罪過。

既然願意跟這樣的我共有這份命運，我就絕對不會再放手了。

以前的我們是摯友。

有著相同的夢想。
追逐著相同的希望。
累積起相同的回憶。
並反覆著相同的失敗。

但是，往後的我們就不是摯友了。

我們夢想的花……就在這份戀愛的罪過上綻放。

悠宇。
我們從今天開始，就是命運共同體（共犯）了。
兩人就連罪過都一併懷抱在心，走向這個周而復始的春天吧。

# 後記

咲姊絕對說得太過分了，這個人好可怕。

雖然是一邊這麼想著一邊寫下這個故事，但到了這個年紀回首，真的會覺得青春時代相當寶貴呢。不但有著唯獨在那個時期才能談的戀愛，也一定有著唯獨在那個時期才能辦到的逐夢方法。並沒有何者才是正確的這種事情。悠宇跟日葵只是選擇了跟對方待在一起的時間而已。

就是這樣，這也是本系列作品的最後一集。不是，我亂講的。

我是七菜。非常感謝各位也閱讀本集至此——！

這集算是小葵ＶＳ小凜的第一回合結束了，因此比起一、二集，變成更不知道是誰會喜歡的說教集了呢。所以說……咦？故事是不是就到這邊結束了？怎麼會，不可能啦。既然都自稱難度太高的戀愛喜劇，就不可能會這麼簡單就結束。

下一集就兼具為第二回合做準備，我打算寫一次整本感覺都比較悠哉的戀愛喜劇～如果接連都是太沉重的主題，七菜也是會很累的嘛。這種話通常會讓寫出來的本人中槍。

下一集是暑假的後半段。這樣說大家就知道了吧？如果有想讓雲雀哥哥穿的泳裝花樣請盡情在Twitter上投稿……咦？沒人管那傢伙？為什麼啦。

那麼，接下來是業務方面的宣傳。

總共有四點。雖然宣傳內容非常多，還請各位看到最後喔。因為我會在當中寫到下一集的重要伏筆喔。這當然也是亂講的。

其一。

上一集宣傳的兩部改編漫畫的企畫要開始進行了。

本作《男女友情》預計從《月刊コミック電撃大王》的十月號開始連載。這本漫畫雜誌將在這個月底發售（註：此指日文版出版狀況）。七菜搶先一步看過漫畫版內容，覺得悠宇在被日葵玩弄時呈現出的氛圍非常棒。請各位讀者務必一看。

另外，《四疊半開拓日記》則是搶先在《コミック電撃だいおうじ》開始連載了。漫畫描繪出了兼具社會人士有些緊繃的氛圍，以及悠哉慢活的兩面之美。在看完殺氣騰騰的《男女友情》之後，敬請看看這個故事放鬆一下。

其二。

本作《男女友情》製作了宣傳影片。影片有在電視及網路上播放喔，各位都有注意到了嗎？當初人家問我「有沒有什麼要求？」的時候，我回答了「請務必起用帥哥聲線的配音員」，結果就完成了相當不得了的影片。這還是我第一次看到如此讓人提振精神的戀愛喜劇宣傳影片。真的非常感謝各位參與製作的人員。尤其是為這支宣傳影片注入生命的木村昴先生。給了我不計其數的滿滿感動，真是感激不已。這兩個月來，我回過神就會發現自己正哼著那首歌。

其三。

在由電擊文庫編輯部營運的「電擊ノベコミ」這個ＡＰＰ上，正以每月連載的形式刊登《男女友情》的短篇故事。

第一集刊登的是日葵跟小凜一年級時的小插曲。是當這兩個人還和樂融融時，放學後的女孩邊走邊吃（肉食系）的故事呢。ＡＰＰ基本上是免費的，請務必下載下來體驗看看。

其四。

按照往年慣例，差不多該是將決定這一年當中最佳輕小說的輕小說界祭典要舉辦的時期了。

希望各位可以在投票的時候，能將《男女友情》納入選項之中。

往後還請各位讀者多多指教了。

大概就是這樣，我會努力跑完將從下一集開始的第二回合。

究竟是日葵能夠一路領先到最後？還是小凜的追擊會反敗為勝呢？又或是會有新角色登場，結果墜入後宮路線的深淵之中？揭發兩人間的因緣而白熱化的哥哥戰爭到底會怎麼發展呢！

各方面都敬請期待！

最後是謝辭。

負責插畫的Parum老師、責編K大人，還有參與製作與販售的各方人士，本集也非常感謝各位的協助……還有，真的非常抱歉。下次……我下次一定……會按照進度走的……拜託不要拋棄我……

那麼，期盼能再有與各位見面的那一天。

２０２１年７月　七菜なな

# 男女之間存在純友情嗎？——不，不存在！ Flag 4.

**七菜なな**

插畫：Parum

## 下集預告

悠宇跟日葵嶄新的關係

就此展開。

風暴般的前半段暑假過去之後，

兩人平穩地過著

有了一點改變的日常生活。

正當他們取回時間所剩不多的

高二的夏天回憶時，

某一天——

夏天還沒結束！將與初戀的那個女生，

「就當作給你添了麻煩的賠罪～
我來介紹東京的飾品創作者
給悠悠認識吧～♪」
紅葉主動提議了突如其來的「親善之旅」！

為了累積身為創作者的經驗，
當悠宇一個人抵達羽田機場時……
「欸嘿。我跑來了。」
「跑來了啊……」

©Makiko Nagaoka, magako 2022 / KADOKAWA CORPORATION

# 位於戀愛光譜極端的我們 1~4 待續

Kadokawa Fantastic Novels

作者：長岡マキ子　插畫：magako

**真是青春啊。每個人心中都有個中意的對象。**
**哪怕那股感情是條單行道——**

相通的情意、未能傳達給對方的心意。在充滿煩惱的高中生活中，龍斗、月愛，與海愛等人受到理想與現實的反差所玩弄，卻仍然一步步地前進與成長。令人緊張又興奮，溫馨又感人的第四集。龍斗究竟能不能畢業呢？千萬不要錯過！

各 **NT$220/HK$73**

©Hibariyu, Siso 2021 / KADOKAWA CORPORATION

**轉學後班上的清純可愛美少女，**
**竟是小時候玩在一起的哥兒們** 1~3 待續

Kadokawa Fantastic Novels

作者：雲雀湯　插畫：シソ

**水上樂園、打工、購物——**
**與妳一起度過的特別的暑假！**

隼人發現春希在自己心中有「特別」的地位後，對於急速拉近的距離感到不知所措。另一名兒時玩伴沙紀對隼人抱有「好感」，春希卻沒辦法心甘情願地聲援朋友的戀情，這份感情到底是……當春希對自己的心情束手無策時，期盼已久的暑假來臨了！

各 **NT$220~270/HK$73~90**

©Tsukasa Fushimi 2021 / KADOKAWA CORPORATION

# 我的妹妹哪有這麼可愛！ 1~17

Kadokawa Fantastic Novels

作者：伏見つかさ　插畫：かんざきひろ

**從夏Comi第三天的那個瞬間開始的——**
**我跟加奈子的故事。**

高中三年級夏天的夏Comi。我在那裡遇見了裝扮成梅露露的加奈子。聰敏的她指出我跟偽經紀人是同一人物。為了不讓桐乃的興趣被發現，只能遵從她的指示——結果卻讓我們的關係開始急遽變化……

各 **NT$180~250/HK$50~80**

©Yuu Hidaka,Tantan 2021 / KADOKAWA CORPORATION

## 【好消息】我的不起眼未婚妻在家有夠可愛。 1~3 待續

Kadokawa Fantastic Novels

作者：冰高悠　插畫：たん旦

**這次結花的家人也來插一腳？**
**更加深了登場人物魅力的第三集！**

班上決定在校慶辦Cosplay咖啡館，結花在家也穿上女僕裝練習，未婚夫妻生活還是令人心動不已！另外，結花的手足勇海跑來我們家！結花不知為何對勇海非常冷淡？而且勇海莫名地仰慕我？其實勇海和姊姊一樣，有著不能讓外人知道的「祕密」……

各 **NT$200~230/HK$67~77**

©Ghost Mikawa 2021 / KADOKAWA CORPORATION

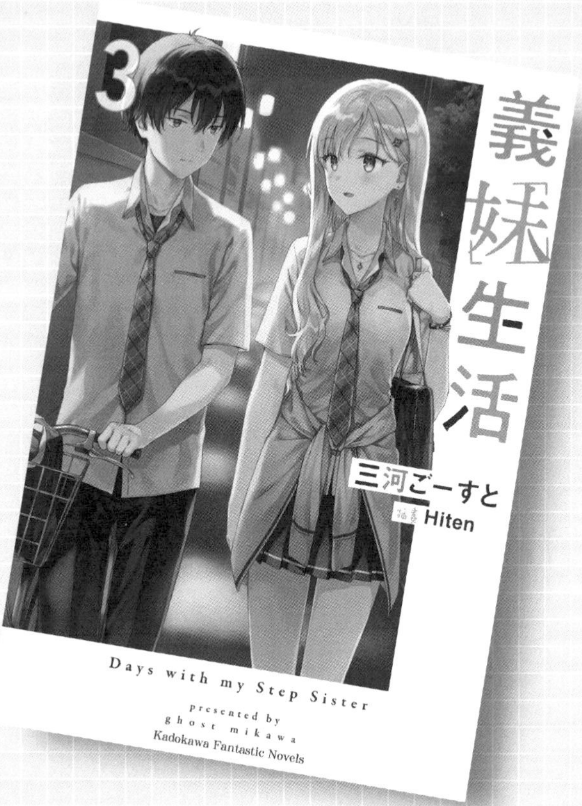


## 義妹生活 1~3 待續

Kadokawa Fantastic Novels

作者：三河ごーすと　插畫：Hiten

**逐漸改變的關係與想要守護的東西。**
**漸行漸近的兄妹，他們所珍視的日常。**

沙季應徵上悠太工作書店的打工。立場成了前輩的悠太，發現她許多嶄新的一面。同時段排班的讀賣栞卻從沙季的模樣，看出那無法依賴別人的認真個性，某天說不定會毀了她。悠太被迫抉擇，要打破最初的約定，插手影響她的生存方式，還是不要……？

各 **NT$200/HK$67**

©Rakuto Haba 2021 Illustration : Icomochi / KADOKAWA CORPORATION

## 除了我之外，你不准和別人上演愛情喜劇 1~4 待續

Kadokawa Fantastic Novels

作者：羽場楽人　插畫：イコモチ

**暑假和情人一起過夜旅行!?**
**眾美女將以泳裝&浴衣裝扮美豔登場!!**

我與夜華終於完成了心心念念的初吻。季節進入夏天。我們即使忙於準備文化祭，也抽空私下見面。挑選泳衣、夏日祭典，還有必定要有的約會。而瀨名會成員去海邊過夜旅行時，發生了事件？夏日魔物肆虐的兩情相悅戀愛喜劇第四集！

各 **NT$200~270/HK$67~90**

國家圖書館出版品預行編目資料

男女之間存在純友情嗎?(不,不存在!). Flag 3, 不然你就一直看著我好了?/七菜なな作 ; 黛西譯. -- 初版. -- 臺北市 : 臺灣角川股份有限公司, 2022.10
面 ; 公分. -- (Kadokawa fantastic novels)
譯自 : 男女の友情は成立する?(いや、しないっ!!). Flag 3, じゃあ、ずっとアタシだけ見てくれる?
ISBN 978-626-321-866-6(平裝)

861.57 111013125

Kadokawa
Fantastic
Novels

# 男女之間存在純友情嗎？（不，不存在！）

Flag 3. 不然你就一直看著我好了？

（原著名：男女の友情は成立する？（いや、しないっ!!）Flag 3. じゃあ、ずっとアタシだけ見てくれる？）

2022年10月11日 初版第1刷發行
2023年6月7日 初版第2刷發行

作者：七菜なな
插畫：Parum
譯者：黛西

發行人：岩崎剛人
總編輯：蔡佩芬
副主編：楊鎮遠
美術設計：宋芳茹
印務：李明修（主任）、張加恩（主任）、張凱棋

發行所：台灣角川股份有限公司
地址：104台北市中山區松江路223號3樓
電話：（02）2515-3000
傳真：（02）2515-0033
網址：www.kadokawa.com.tw
劃撥帳戶：台灣角川股份有限公司
劃撥帳號：19487412
法律顧問：有澤法律事務所
製版：巨茂科技印刷有限公司
ISBN：978-626-321-866-6

※版權所有，未經許可，不許轉載。
※本書如有破損、裝訂錯誤，請持購買憑證回原購買處或連同憑證寄回出版社更換。

---

DANJO NO YUJO HA SEIRITSUSURU?（IYA、SHINAI!!）
Flag 3. JA, ZUTTO ATASHIDAKE MITEKURERU?
©Nana Nanana 2021
Edited by 電擊文庫
First published in Japan in 2021 by KADOKAWA CORPORATION, Tokyo.
Complex Chinese translation rights arranged with KADOKAWA CORPORATION, Tokyo.